第一章　林町《はやしちょう》河岸

一

ぽろん……。
五右衛門《ごえもん》は長い沈黙を破るように、脇に置いていた三味線の弦を指ではじいた。
文四郎《ぶんしろう》はその様子を静かに眺めた。
そこは深川元町《ふかがわもとまち》にある小料理屋の二階座敷だった。三畳ほどの小座敷だ。
部屋の隅には行灯《あんどん》が置かれ、二つ置かれた高足膳《たかあしぜん》のそばに燭台《しょくだい》がひとつあった。
大川《おおかわ》に面した障子《しょうじ》に二人の影が映っていた。
「折り入っての相談だというから、何のことかと思えば、なるほどそうだったか

……」

文四郎はゆっくりした所作《しょさ》で酒を飲み、口の端に冷笑を浮かべた。腹の中で嫉妬《しっと》と怒りが徐々に沸き立っているのがわかった。

五右衛門の相談は、文四郎の女房・おつなを自分に譲れということだった。

二人は気心の知れた友達同士だった。苦しいときは互いに励まし、助け合い、そして慰め合ってきた。互いに隠し事などしないきわめて親密な間柄だった。

莫逆《ばくぎゃく》の友《とも》――まさに、そんな仲だった。

しかし、ここ一年ほど前から、その仲に奇妙な亀裂《きれつ》が生じていることに、文四郎は気づいていたが、口に出していうことはなかった。五右衛門も同じで、そのことを口にすることはなかった。

だが、口を閉ざす意味合いは、文四郎と五右衛門ではちがっていた。五右衛門は隠さなければならないから、口に出せなかっただけなのだ。

文四郎はその隠し事はいっときの火遊びにすぎない、見て見ぬふりをしていれば、いずれ元の鞘《さや》に納まるはずだと、自分にいい聞かせていた。しかし、それはかすかな期待だったかもしれない。気づいたときから望みはうすかったかもしれない。

知っていながら黙っていたのは、ことを大きくして、小さな亀裂が、大きく口を開けるようにぱっくり割れるのが怖かったからだ。一時に女房と大事な友を失いたくないという、臆病な感情がはたらいていたのだ。

だが、いま文四郎の腹の中で、五右衛門に対する怒りがぐつぐつと煮えはじめていた。

ぽろん……。

五右衛門はもう一度、弦をはじくようにつま弾いてから、顔を文四郎に向けた。

「知っていたんだ」

相手の口が開く前に文四郎が遮《さえぎ》るようにいうと、五右衛門は虚《きょ》をつかれたらしく、はっと目をみはった。

「とっくに気づいていたんだよ」

言葉を重ねると、五右衛門の顔がこわばった。

「おつなは何もいわなかったさ。だが、おれは気づいていたんだ。それでも何もいわなかったのは、おまえたちがきっと改心してくれるだろう思っていたからだ」

「…………」

「おまえは出世した。いまじゃ立派な杵屋《きね》の三味線弾きだ。いずれ長唄のお師匠さんにもなれるだろう。ところがこのおれときたら……」

文四郎は短く自嘲《じちよう》の笑いを漏らしてつづけた。

「おれは稲荷町《いなりまち》からようやく相中《あいちゆう》になれはしたが、相も変わらず食うに食えない三下《さんした》役者だ。内職をしなきゃ、まともな暮らしができない。おまえも承知のとおり、その暮らしさえままならぬのがほんとうのところさ」

「…………」

「おまえはいいよ。羽振りもよくなった。着物だって継《つ》ぎのあたったおれのとちがう上物《じようもの》だ。家も二間つづきに二階建ての長屋住まい。おれときたら、昔ながらの九尺《くしやく》二間《にけん》の裏店《うらだな》住まいだ。役者、役者といってはいるが、所詮名題《なだい》にはなれない身分。出世できたところで、せいぜい相中上分《かみぶん》止まりだろう。へへッ……そんな生き方だ。そんなこたァ百も承知だが、いまさら他の職に就く気がねえのがおれだ」

文四郎は酒を喉に放るようにあおり、盃を高足膳に荒々しく置いた。コンという音が小座敷にひびき、五右衛門の肩がビクッと動いた。

名題とは、一座の看板役者のことをいう。その下にいる役者を名題下《した》と呼ぶが、

これにはいくつかの階層がある。

上から順に、相中上分・相中（または中通《ちゆうどおり》）・稲荷町（若い衆、お下《した》とも呼ばれる）となる。稲荷町は馬の足などの雑役で、科白《せりふ》があるかないかだ。あったとしても「申しあげます。ただいま到着されました」程度だ。

重苦しい沈黙が小座敷を満たしていた。

ジジッと行灯の芯が鳴り、障子窓の隙間からすうっと細い風が吹き込み、手焙《てあぶ》りの中の炭がパチッと爆《は》ぜた。

「許してくれないか。これこのとおりだ」

沈黙を破った五右衛門はがばりと両手をついて、深々と頭を下げた。

「何を許せってんだ。……ふん」

文四郎は鼻で笑って、独酌した。

「おれとおつなの仲だ」

五右衛門は頭を下げたまま、うめくようにいった。

「てめえ、人の女房を呼び捨てにしやがって……」

「すまぬ。おつなさんをおれに……どうか、許してくれないか……頼む。お願い

だ」

「見苦しい」

文四郎は酒をあおった。

五右衛門の顔がさっとあがった。

「人を馬鹿にするな。おれとおまえの仲だから、いままで堪《こら》えていただけだ。だが、もうおしまいだな」

「……おしまい」

「おうよ。おしめえだよ」

いうが早いか、怒りを爆発させるように、文四郎は手にしていた盃を五右衛門に投げつけた。

盃は五右衛門の額に命中して、畳にころんと落ちた。そこに、五右衛門の割れた額から血がしたたり落ちた。

二

どんよりした雲が空を覆っていた。

そのせいで周囲の景色が寒々しく見えるばかりでなく、まだ初冬だというのに寒気がいっそう強く感じられた。

万年橋《まんねんばし》をわたった千草《ちぐさ》は、襟をかき合わせて歩いた。

(こんなことなら褞袍《どてら》を羽織ってくればよかった)

そんなことを思いもした。

千草は買い出しに行く途中だった。日本橋《にほんばし》の朝市で、活きのいい魚を見繕《みつくろ》うのは楽しみだが、冬の寒さと夏の暑さだけは苦手である。

それでも商売をしている以上、弱音は吐けない。合わせた両手に息を吹きかけ、揉《も》むように手を動かして、初冬の大川を眺めた。

川面《かわも》はどんよりした雲を映し、ねっとりした黒い油のようにうねっていた。行き交う舟もありはするが、いずれも鈍重《どんじゅう》そうな舟足だった。

霊雲院《れいうんいん》をすぎ、深川清住町《きよずみちょう》に来たとき、人だかりのある場所があった。自身番の前だ。

みんな自身番の中をのぞき込むようにして、互いにひそひそと言葉を交わしていた。

「何があったんです？」

千草がひとりの職人ふうの男に声をかけると、すぐに振り返って、かたい表情のまま「人殺しだよ」と、教えてくれた。

「ま」

「朝っぱらから死体なんざ見たくないが、町方《まちかた》の旦那が身許《みもと》をあらためてるんだ」

「見たんですか？」

「これからだ」

男がそういったとき、自身番の中から声が聞こえてきた。

「まちがいないか」

「へえ、この人は長唄の三味線弾きですよ。家はすぐそこのはずです」

「何という長屋だ？」

「勘右衛門店《かんえもんだな》です。この人の名は、たしか……えーと」

死人を知っている男は思いだそうとしていたが、

「ま、いい。長屋に行けばわかるだろう」

と応じて、案内しろと男にいった。

すぐに、どいた、どいた、と人を掻《か》き分ける小者《こもの》が出てきて、町奉行所の同心が姿を見せた。

千草はその顔を見て、ハッとなった。以前、伝次郎《でんじろう》が店に連れてきた町方だった。

（たしか、松田久蔵《まつだきゅうぞう》さま……）

内心でつぶやくと、久蔵も「おや」という顔をして千草を見てきた。

「これは〝ちぐさ〟の女将《おかみ》……」

「ご無沙汰《ぶさた》をしております。朝からお役目とはいえご苦労様です」

声をかけられた千草は、丁寧に挨拶をした。

「うむ」

久蔵は小さく顎《あご》を引くと、黒紋付きの羽織を颯爽《さっそう》とひるがえして歩き去った。

まわりにいる野次馬たちが、死人の身許がわかったことで、あれこれと囁《ささや》き声

を交わしあっていた。千草はそのまま買い出しに行けばいいのだが、殺されたのが長唄の三味線弾きだと聞いて、少し落ち着かなくなっていた。

（もしや……）

と、妙な胸騒ぎを覚えたのだ。

夏が過ぎたころから、見目《みめ》のいいすらりとした客がときどき店に来るようになった。最初はどんな素性の客かわからなかったが、言葉を交わしているうちに、中村《なかむら》座に出入りする長唄の三味線弾きだというのがわかった。

名を五右衛門といい、

――いずれは杵屋の号をもらって、ちがう名になるんですがねえ。

と、照れ笑いをした。

（まさか、あの五右衛門さんでは……）

千草はそう思ったのである。だから、死体の顔を見せてもらおうか、どうしようか逡巡《しゅんじゅん》していた。かといって朝から死体の顔を見るのも、縁起がよくないと思いもする。

「これは千草さんじゃありませんか」

急に声をかけられて、千草はドキッとした。

相手を見ると、相好《そうごう》を崩して近づいてきた。

「音松《おとまつ》さん……」

「千草さんも殺しがあったと聞いて来たんですか？」

小太りの音松は、目の前で立ち止まった。

「聞いたんじゃなくて、この番屋の前を通ったら、人が集まっていたんで……」

千草はまわりの野次馬たちを眺めていった。

「そうですか、あっしもついいましがた殺しがあったと聞いて、様子を見に来たんです。で、殺された人間の身許はわかったんですか？」

音松は油屋の主《あるじ》である。店はここからほどない深川佐賀町《さがちょう》だから、早速噂《うわさ》が流れたのだろう。

「殺されたのは長唄の三味線弾きらしいです。じつはわたしの店にもそんな人が最近来るようになったんですけど、まさかと思いましてね」

「へ、そうですか？　で、名前は？」

「五右衛門という人です」

「五右衛門……ふーん。で、町方の旦那は来てんですかね」

「松田さまですよ。いま、殺された人の長屋に行ってます」

「松田の旦那が来てんですか」

少し驚いたような顔をする音松は、かつて町奉行所に出入りする小者だった。それも沢村伝次郎《さわむらでんじろう》の手先だったので、松田久蔵のことをよく知っている。

「そうです。あの五右衛門さんじゃなければいいんですけど……」

「もし、そうだったら松田の旦那に話をしたほうがいいですよ。探索の手掛かりがそこにあるかもしれませんからね。もっとも人違いであってほしいでしょうが……」

「そうね」

気のない返事をする千草は、殺された三味線弾きの名前だけでもたしかめてから仕入れに行こうと思った。

さほど待つこともなく、松田久蔵が小者と町の岡っ引きを連れて戻って来た。すると、千草の横にいる音松に気づき、片眉を動かして声をかけてきた。

「なんだ、おまえも来ていたか。たしか店はこの近くだったな」

「さようで……それで旦那、死体《おろく》の名はわかりましたか？」

「五右衛門という中村座に出入りしている囃子方《はやしかた》の三味線弾きだ」

それを聞いた千草は、おおいに驚き目をまるくした。

三

「店に来るときはいつもひとりだったのか……」

千草から大まかな話を聞いた松田久蔵は、視線を宙の一点に置いて考えた。

深川清住町の自身番にいるのだった。野次馬は少なくなっていたが、うるさいので腰高障子を閉めて、梅蔵《うめぞう》という岡っ引きが表に立っていた。

自身番の中には、詰めている書役《かきやく》と番人が二人、久蔵と千草、久蔵の小者の八兵衛《はちべえ》、そして音松がいた。

「それで下手人のことはわかっているんでしょうか？」

千草がおそるおそる訊《たず》ねると、思案顔をしていた久蔵は視線を戻して、煙管《キセル》をつかんだ。

「下手人探しはこれからだ。死体を見ればわかるが、紐《ひも》で首を絞められている。紐じゃなく縄かもしれないが、いずれにしろ絞め殺されたってわけだ」

「それはいつ起きたんです？」

音松だった。まあるい顔をこわばらせて聞く。

「昨夜から今朝にかけてだろう。死体はすでに冷たかったし、体も強《こわ》ばりはじめていた。しかし、仏の家に出入りした人間を見たものがいない。もっとも聞き込みはこれからだが、端緒《たんしょ》はまだなにもつかめずじまいだ」

「それじゃ長屋の家で殺されていたんですか？」

「家じゃない。死体が見つかったのは長屋の裏通りだ」

「長屋の裏……」

「そうだ。だが、五右衛門の着物に乱れはなかった。財布も盗まれていなかったので、物盗りの仕業《しわざ》じゃないだろう。……よほど手際のよい殺しだったか、五右衛門と親しかった人間の仕業と考えてよいだろう。それで、女将」

「はい」

千草は背筋を伸ばして久蔵をまっすぐ見た。

「五右衛門と言葉を交わしているだろうが、何か気になるようなことを聞かなかったか？」

「気になるようなこと……」

千草は視線を彷徨《さまよ》わせて考えたが、特段変わった話をした覚えはないし、気に留めるようなこともなかったはずだ。

「五右衛門さんは店においでになるようになって、まだ日が浅いので……」

「突っ込んだ話はしていないってことか」

久蔵は千草の言葉を先読みしていった。千草は「はい」と頷《うなず》くしかない。

「何か気になることを思いだしたら知らせてくれるか。引き止めて申しわけなかった。音松、おまえもいいぜ。手が足りなくなったら助《すけ》を頼むかもしれないが、そのときはよろしくな」

久蔵はそれで千草と音松を解放してくれた。

表に出ると、二十人近くいた野次馬はいつしかいなくなっていて、少し離れたところで四、五人の男女が自身番をちらちら見ながら立ち話をしていた。

「下手人がすぐに捕まるといいですね。近所で殺しが起きるなんて気味悪いですか

ら」

「もっともです。しかし、三味線弾きか……」

千草は歩きながら腕を組んで考える音松を見て、やはりこの人も伝次郎と同じようにこういったことに興味を持つのだと思った。

「何を考えてるんです？」

「あ、いえ。その五右衛門という三味線弾きは、なぜ殺されたんだろうって……」

「殺されるようなことをしたからじゃないかしら」

「そうだとはいい切れませんよ。物盗りのために人を殺すやつもいるんですから」

「でも、財布は盗まれていなかった、と松田さまはおっしゃいましたけど」

「そうでしたね。だけど……」

「だけど、なんでしょう？」

「下手人がわざとそう見せかけていることもありますから」

千草は感心するように頷き、短く苦笑した。

「やっぱり音松さんも、御番所の仕事に関わっていたから、考えることがちがいますね」

「こういったことは、どうしても気になるんです。だからって探索をするわけじゃありませんが……」

「松田さまに助を頼むといわれたら……」

「そりゃまあ、世話になった人なんで断れないでしょう」

「音松さんも誰かさんと同じですね」

「誰かさんて……旦那のことですか？」

千草はひょいと首をすくめただけだった。もう、音松の店の近くまで来ていた。店の名も同じ「音松」である。だが、まだ朝が早いので暖簾《のれん》は掛けられていなかった。

「それじゃ音松さん、わたしはここで……」

「はい、お気をつけて行ってらっしゃいまし」

音松は立ち止まって千草に小腰を折った。

千草は冷たい海風と川風の混じる永代橋《えいたいばし》をわたりながら、殺された五右衛門のことを考えていたが、日本橋の魚河岸《うおがし》に入るともうそのことはすっかり忘れてしまった。

朝市の魚河岸は芋を洗うような人混みで、それも客と売り方の駆け引きの声が引きも切らない。寒い朝にもかかわらず、河岸の人間たちは上半身裸でしゃがれた声を張りあげていた。

買い出し人の中に混じる千草も、このときは慎み深さをどこかに押しやり、姐《あね》ご肌まがいの闊達《かったつ》さで魚屋の男たちと駆け引きをする。

その朝仕入れたのは、秋刀魚《さんま》と鯖《さば》とカワハギ、そして浅蜊《あさり》だった。それらを小桶に入れ風呂敷で包んで魚市場をあとにする。

魚はその日のうちに売ってしまいたいが、残れば干物や煮物に使うのが常だ。浅蜊は味噌汁にもできるし、飯といっしょに炊き込むこともできる。いずれにしろ無駄にしないのが料理人の知恵である。

来るときは永代橋を使ったが、帰りは大名屋敷地を抜け、新大橋《しんおおはし》をわたって帰る。

大名家の長塀からのぞく木々はすっかり色づいていた。銀杏《いちょう》は黄色に、楓《かえで》は赤に、欅《けやき》は黄色や赤に変じていた。それらが常緑樹の青を背にして映《は》えているし、路地にはそれらの落ち葉も散っていた。

千草にとって、ちょっとした紅葉《もみじ》狩りである。

新大橋をわたったときに、曇っていた空の一角から明るい日の光が射《さ》してきた。

千草はその光の筋を見て、晴れてくれないかしらと思った。

得意客になったばかりの五右衛門が殺されたことは、もう頭の隅にしか残っていず、これからの仕込みをどうしようか、とそっちのほうに考えはいっていた。

千草は小さな飯屋をやっている。酒も出すので小料理屋といってもいいかもしれないが、店の看板と暖簾には「めし　ちぐさ」と書いていた。

もっとも近所の連中は酒が飲めるのを知っているので、飯だけでなく酒と肴《さかな》をめあてに来る客が少なくない。

深川元町にある店に戻って、板場で仕込みの仕度《したく》をしていると、腰高障子ががらりと開けられた。

「ちょいと邪魔をする」

入ってきたのは、さっき会ったばかりの松田久蔵だった。八兵衛という小者もいっしょだ。

「何かわかったのですか?」

千草は前垂れで手を拭きながら、飯台《はんだい》を置いている土間に出た。

「五右衛門は新しい客だったようだが、いつもひとりで来ていたといったな。それに間違いはないか?」

「はい」

千草は緊張の面持《おもも》ちで応じた。

「じつは五右衛門は、二日前に深川元町にある四阿《あずまや》という小料理屋で、文四郎という役者と会っている。文四郎と五右衛門は仲のよい間柄なのだが、ここに来たことはないか?」

「文四郎さんという方ですか……」

千草は少し考えたが、思いあたる客はいなかった。

「いえ、そんな名の人はうちには来ませんし、新しいお客なら覚えていますが、ここしばらくは五右衛門さん以外に一見《いちげん》さんは来ていませんけど……」

「ふむ、そうか。ならいい。邪魔をした」

「あ、お待ちください」

千草は慌てて久蔵を呼び止めた。

「その文四郎っていう人が下手人なんでしょうか?」

「それはわからぬ。これから会って調べるところだ。その前に、ちょいと聞いておこうと思ってきただけだ。では」

久蔵はそのまま店を出ていった。

四

「お客さん、あんた熱があるんじゃないか？」

沢村《さわむら》伝次郎は舟を降りた女の客に声をかけた。

「いえ、大したことはありません」

「そうはいうが、ずいぶん辛そうじゃないか。それに熱っぽい顔をしておいでだ」

女の客は林町《はやしちよう》河岸から乗り込んだのだった。そのときから辛そうな顔をし、ときにひどく咳《せ》き込んだりもした。だが、人に話しかけられるのをいやがるように背を向け寡黙だったので、伝次郎も声をかけなかったのだった。

「お気遣いありがとうございます」

女は腰を折ると、そのまま背を向け、佐久間《さくま》河岸の雁木《がんぎ》を上っていった。

（大丈夫かな……）

伝次郎は女の様子を見てから、舟を反転させるために棹《さお》をつかみなおした。そのとき目の端で、女がよろけて倒れるのが見えた。

ハッとなった伝次郎は、器用に棹をさばくと、身軽に舟を飛び下りて女のそばに駆け寄った。

「大丈夫ですか？」

声をかけても女はすぐには返事をしなかった。肩に手をかけて抱き起こしてもぐったりしている。額に手をやると、案の定ひどい熱があった。

「こりゃあまずい」

伝次郎はあたりを見まわし、ゆっくりと女を横たえると、急いで自分の舟に戻り、雁木の杭《くい》に舫《もや》い綱《づな》をかけて、また女のところに戻った。

「いま医者に連れて行きます」

伝次郎はそう声をかけて女を背中に負ぶい、目についた神田佐久間町三丁目の薬《やく》種《しゅ》屋を訪ね、近くに医者がいないかと聞いた。

「お医者でしたら、この北側の通りに行った八十吉《やそきち》店に玄周《げんしゅう》という医者がいます。

そこが一番近いですが……」

伝次郎はすぐに玄周という医者の家を訪ねた。

裏店に広めの家を借りている医者だったが、暇そうに煙草《たばこ》を喫《の》んでいた。

「船頭の伝次郎といいますが、この人を診《み》てもらえませんか。ひどい熱があるんです」

家に入るなり、伝次郎は玄周にいった。

女はすでに意識を取り戻しており、迷惑はかけられないのでよしてくれといったが、伝次郎はかまわず診察を頼んだ。

玄周は女の額に掌《て》をあてたり、下瞼《したまぶた》をめくったり、舌を出してみろといったりして、診察を進めていった。

最後に脈を取ると、少し早くなっているが、風邪をこじらせているのだろうという診立《みた》てをして、薬を煎《せん》じてくれた。

「それにしても熱がひどすぎる。倒れても不思議はないよ。早く家に帰って、ゆっくり休むことだ」

「あっしもそのほうがいいと思います」

伝次郎は職人言葉で答えて、女に家はどこだと聞いた。

「ご親切ありがとうございますが、わたしは大事な用があるんです」

女は蚊の鳴くようなか細い声で答える。

「あっしで用が足りるなら代わってやりますが……」

それはできないと女は首を振る。

「その用事は二、三日延ばしたほうがよかろう。無理はいかぬ」

玄周が口を挟んで、これが代金だといって、指ではじいた算盤《そろばん》を見せ、二分《ぶ》に負けておくといった。

法外に高い薬礼《やくれい》（診療費）だと思ったが、伝次郎は黙って払った。女は申しわけない、あとできちんと返すと頭を下げた。

「船頭さん、連れて帰ったほうがその人のためだ。ほんとだよ」

伝次郎は礼をいって玄周の家を出た。

「あんた、名は？　おれは伝次郎というのだが……」

「晴《はる》といいます」

答えたとたん、お晴がよろけたので、伝次郎はとっさに抱きとめた。

「お晴さん、やっぱ無理だろう。用事はあとまわしにできないのか。家は本所《ほんじょ》林町のそばなんだろう」

伝次郎はお晴を乗せたのが林町河岸だったのでそういった。

「……どうしても今日用をすまさなければ……」

お晴はそこでまたぐったりとなり、くずおれそうになった。伝次郎が抱きとめなければ、そのまま倒れたはずだ。気を失ってしまったので、伝次郎は舟まで負ぶっていき、そして大川をわたり、お晴を乗せた林町河岸に戻った。

西にまわり込んだ日は、すでに没しようとしていた。

「お晴さん、大丈夫か？　本所に戻ってきましたよ。家はどこです？」

ぐったりしていたお晴は、瘧《おこり》にかかったように体をふるわせていた。唇の色はなく、顔は紙のように白くなっているし、目はうつろだった。

「も、申しわけありません。……四丁目に定助《さだすけ》店という長屋があります。そ、こです」

それだけをいうと、またお晴は気を失った。

林町四丁目は、舟をつけた河岸からすぐのところだった。

お晴の長屋は、林町四丁目と三丁目の境にあった。路地を入って二軒目の家がそうで、腰高障子を開けると、四、五歳の女の子が、黒く澄んだ瞳を向けてきた。

「おっかあ……」

少女はそういって、めずらしいものを見るように伝次郎を眺めた。

「おっかさんは病気になって倒れたんだ。おとっつぁんはいないかい?」

少女は首を横に振った。亭主がいないのか、それともどこかに行っているのかわからなかった。

とにかくたたんであった夜具をのべて、お晴を横にならせた。体が楽になったのか、お晴はそこで気を取り戻し、視線を家の中にめぐらせると娘に気づいた。

「お君《きみ》……」

呼ばれた娘は一度まばたきをして、お晴の枕許に座った。

「お君というんだな。おっかさんは病気だから、ゆっくり休ませておあげ。おとっつぁんが帰ってきたら、よく看病をしてもらうんだ。おとっつぁんは帰ってくるんだろ」

お君はうんと頷いた。

「それじゃお晴さん、お大事になすってください」

お晴は寝たまま何度も礼をいったが、伝次郎はそのまま長屋を出た。

五

「なんだかお疲れのようね」

客が引けたあとで、千草がそばにやってきた。そう見えるかいという伝次郎に、千草は酌をしてくれる。

「そんなお顔をなさってよ」

伝次郎は黙って酒に口をつけた。

「いま帰った客はあまり見ない顔だな」

「このところ新しいお客が増えているんです」

「そりゃあ何よりだ」

「でも、混んでいる日にかぎってお幸《さち》ちゃんが休みの日なんです」

お幸というのは、ときどき手伝いに来る嫁入り前の娘だった。

「間が悪いんだな。だが、混む混まないはその日次第だろうから、しかたあるまい」

「たしかにおっしゃるとおり。でも、何を考えていたんです。あ、わたしもいただだいちゃおう」

千草はそういうと、板場に自分の盃を取りに行った。それを見送りながら、

（お晴は大丈夫だろうか……）

と、内心で考えた。

お晴を林町の長屋に連れ帰ってから、何だかそのことが頭を離れなかった。お晴には小さい娘がいる。亭主が何をしているかわからないが、お晴はちゃんと看病されているだろうかと心配にもなる。

「あと小半刻《こはんとき》（約三十分）、客が来なかったら暖簾下ろしちゃおうかしら。では、いただきます。新しいのつけてきましたからね」

千草は手酌をして、伝次郎の盃にもつぎ足した。

膳《ぜん》にのっているのは、カワハギの刺身と浅蜊の酒蒸しだった。伝次郎の好物だ。

「それで、さっきは何を考えていたんです。いつになく悩ましそうな顔をしてまし

たよ」

「そうか……」

伝次郎は、女って生き物は敏感なんだなと思いつつも、その日お晴という女客を乗せてからの顚末《てんまつ》を話してやった。

ただし、お晴の薬礼を立て替えたことは伏せた。

「ご亭主がいらっしゃるんだったら、なにも伝次郎さんが気を揉むことはないでしょう」

「そりゃそうだが、気になるんだ」

「どういうふうに」

千草の目に嫉妬じみた色が浮かんだ。

「どういえばよいかよくわからぬが、娘の表情も気になった。人を恐れるような目でおれを見るんだ。幼いながら人の善し悪しを見定めようとする、そんな目つきだった。ま、小さい娘だからかもしれないが……」

「妙に用心深い子がいますからね。その子もそうかもしれない」

「それに、あの家は亭主がいるにしては荒《すさ》んでいるように感じられた。どんな亭主

なのかわからないが、その辺の長屋に住む貧乏人とはちょっとちがう気配が家の中にあるんだ」

「どんな気配なのかしら。伝次郎さんは、元は御番所の同心だったから、そう感じるだけなのかもしれないわ。浅蜊、まだ手をつけてませんのね。おいしいんですよ」

「いま食べようと思っていたところだ」

伝次郎はそういって浅蜊の酒蒸しをつまんだ。塩加減がよいのか、浅蜊の味を絶妙に引き立てていて、汁にも浅蜊の旨味《うまみ》がうまくからんでいた。

「そうだな。千草のいうとおりだろう。亭主がいるんだから、何もおれが気を揉むことはないな」

「そうです。余計なお世話はかえって人の迷惑になりますから」

その話はそこで打ち切ることにした。

「さっき客が殺しがあったような話をしていたが、いったいどこであったんだ」

その問いに、千草はハッと目を輝かせた。

「じつは殺されたのが、この店のお客だったんです」

「……おれの知っている客か？」

千草は首を振ってから、今朝のことをかいつまんで話した。

「ほう音松も来たか。清住町だったらやつの店から近いからな。それで松田さんがその一件を受け持っているんだな」

「そのようです。わたしが仕入れから帰ってくると、この店を訪ねてこられ、文四郎という客を知らないかとお訊ねになるんです。五右衛門さんと仲のいい人で二日前に、深川元町の四阿《あずまや》という店で二人は会っていたらしいんですよ。でも、わたしは五右衛門さんのことをよく知らないし、深い話もしてませんからね」

「文四郎というのは近くに住んでいるのだろうか？」

「さあ、それは……」

千草はわからないと首を振る。

「松田さんはやり手の同心だ。よほどのことがなきゃ、下手人はすぐ見つかるだろう」

「そう願いたいものです。なにせ殺されたのがうちの客で、それも近所で起きたことですからね」

「それにしても首を絞めて……」

伝次郎が独り言のようにいって酒に口をつけると、

「紐か縄で絞められたらしいですわよ。それに家が荒らされていなかったので、顔見知りの人間が下手人ではないかと、そんなことをおっしゃってました」

「なるほど」

「音松さんも気が気でない様子でしたけど、ひょっとすると明日の朝にでも落着してるかもしれません。そうであってほしいんですけどね。ねえ、伝次郎さん」

「うん」

千草の目に甘えの色が浮かんでいた。

「殺しのあった晩に独り寝は怖いわ」

「じゃあ来るか」

千草の気持ちを察した伝次郎は、即答した。とたん、千草の顔に喜色が浮かんだ。

「じゃあもうお店閉めちゃいましょう」

暖簾を下げに行く千草の足取りは、まるで小娘のようだった。

六

「いまお茶を……」

膳を片づけて台所に向かう千草を、伝次郎はさりげなく眺めた。尻のあたりの肉《しし》置《お》きが、以前より丸味を帯びてきた。もう三十に手の届く年なので不思議はないが、いまだ昨夜の余韻を体に残しているようだった。

朝日を受けた腰高障子が、ぱあっと明るくなった。鳥たちのさえずりも、それに合わせたように高くなった。

「今日はお掃除をして帰ります」

千草が茶を運んできていった。

「いつもすまぬ。仕入れはいいのか?」

「昨日行きましたから、今日は青物を買うぐらいです」

長屋に朝日が届いた分、家の中が明るくなり、千草の白い肌が浮き立っていた。

「料理屋も大変だな」

「そうでもありませんわ。わたしは楽しみながらやっていますから。それより伝次郎さんの仕事は大変よね。寒くても暑くても休めないし、風が強いとそれだけ力仕事になる。わたし、いつも大変だなと思うんです」

「船頭はみな同じだ。大工だって左官だって、そうだろう」

「そういわれても、やはり大変だと思う。わたしは寒かろうが暑かろうが、家の中で仕事ができますから……」

「まあ、それぞれだろう。それにしても今日は、昨日より幾分暖かいようだ」

「そうですね」

他愛《たわい》ない会話をして、伝次郎が腰を上げて三和土《たたき》に下りると、千草が切り火を打ってくれた。

「今日も無事でありますように」

気遣って微笑《ほほえ》む千草の顔に、表の光があたっていた。

「では、行ってくる」

井戸端で水を使ったときより、表の寒さはゆるんでいた。昨日とは打って変わっての晴天でもある。戸口を出るとき、同じ長屋のおかみと会った。

互いに軽い挨拶をすれば、

「伝次郎さん、もういっしょになっちゃえばよいのに」

と、おかみはからかうような笑みを向ける。

「まあ、そうだね」

伝次郎は軽くいなして、猪牙舟《ちょきぶね》を置いている山城橋《やましろばし》の袂《たもと》に向かう。

長屋の連中はすでに伝次郎と千草の仲を知っていた。二人ともいい大人だし、誰に遠慮することなく所帯を持てるのだが、ある一定の距離を置いたいまの付き合いに徹している。

同じ屋根の下で始終顔を突き合わせていれば、見なくていいことを見、いわなくていいことをいうようになる。

二人ともそのことを経験しているので、いまのままで満足なのだ。昨夜のように千草が通い妻のようにやってきたり、逆に伝次郎が千草の家を訪ねたりする。二人は納得ずくで、その関係を保っていた。

大切なのは互いに抱いている熱い思いを、冷めないようにすることなのだ。それが長続きの秘訣だろうと信じていた。もっとも老いれば、距離を置いた付き合いを

やめ、いっしょに住むことになるだろう。そのことも二人はときどき話しあっていた。

舟に乗り込むと、雪駄《せった》から足半《あしなか》に履き替え、裾をまくりあげて脚絆《きゃはん》をつけた。印半纏《ばんてん》の袖を軽くはたくと、煙草入れを出して煙管に火をつけた。

艫板《ともいた》に腰かけたまま紫煙を吹かす。気流に乗って舞う鳶《とび》が空から声を落としてくる。その声が、何となく悲しい女の泣き声に聞こえた。

もちろん錯覚だろうが、そのことでお晴のことを思いだした。

熱が下がって少しは楽になっているだろうか、亭主は帰ってきたのだろうかなどと余計なことを考えた。

へたに心配する必要はないだろうが、お晴だけでなくお君という娘のことも気になった。

もし、亭主が帰っていず、お晴の容態がひどくなっていれば、幼いお君は腹を空《す》かしているだろう。

そこまで考えると、黒く澄んだ瞳を向けてきたお君の顔が瞼の裏に浮かんだ。

伝次郎は煙管の灰を川に落とすと、すっくと立ち上がって棹をつかんだ。様子だ

け見に行こうと思った。

山城橋、松井《まつい》橋とくぐり竪川《たてかわ》に出る。朝日がまともに正面からあたってくる。川の向こうは、まぶしく輝いていた。

昨日お晴を乗せて降ろした林町河岸に舟をつけると、そのまま河岸道にあがり、お晴の長屋に向かう。あちこちの長屋から道具箱を担いだ職人や、商家の奉公人たちが出てくる。ちょうど出勤時刻なのだ。

その代わり、早朝に商いをする棒手振《ぼてふり》や担い売りの姿は見られない。お晴の長屋はひっそりしていた。手拭《てぬぐ》いを姉さん被《かぶ》りにした女が、井戸端にしゃがんで洗い物をしているだけだった。

伝次郎はお晴の家の前に立ち、声をかけようとしたが、その声を喉元で呑み込んだ。男の声が聞こえてきたからだった。

「今日は金を作らなきゃならねえ」

深刻そうな声だった。

「わたしが至らないばかりに……」

お晴のか細い声がした。

「具合が悪くなったのはしかたねえさ。今日はおれが掛け合って何とかする。金ができりゃ、助けてくれたその伝次郎という船頭にも礼をしなきゃならねえ」

「あんた、悪いわね」

「もう何もいうな。まだ熱が引いてねえんだ。とにかくおれのことは心配いらねえ。お君、今日はおっかあの面倒見てやるんだ。困ったことがあったら隣のお粂《くめ》さんに頼むんだ。わかったな」

「……あんた、もう出かけるの？」

「いろいろ込み入ったことがあるんだ」

亭主の立ちあがる気配があったので、伝次郎は慌てたようにきびすを返して長屋を出た。どうやら取り越し苦労だったようだ。お晴の亭主はちゃんと女房子供の面倒を見ている。

（おれもとんだ慌てもんだな）

伝次郎は苦笑して舟着場に下りた。

そのとき、河岸道を急ぎ足でやってくる四人の男が目についた。見るからに筋者《すじもの》だ。それに血相を変え、どことなく剣呑《けんのん》な空気を身に纏《まと》っている。

何を気負い立っているのか知らないが、関わりたくない人種だ。伝次郎は舟に乗り込んで、ゆっくり舫《もやい》を解き、さてどこに行こうかと短く思案した。

とりあえず舟を出すために棹をつかんだ。そのとき、河岸道からいがみ合うような声が聞こえてきた。

見ると、さっきの四人だった。ひとりの男を取り囲んで鼻息を荒くしている。

七

「だから今日中に都合するといってんだ。親分にそう伝えておけ」

四人に囲まれている男だった。

「それができねえからこうして来てんです。金次郎《きんじろう》さん、あんた何やったかわかってんでしょう」

ひょろっと背の高い男だった。

「首に縄つけてでも連れてこいッていわれてんです」

小太りで猪首《いくび》の男が金次郎という男に詰め寄った。

雁木の下にいる伝次郎や荷揚げ人足らの耳目《じもく》などかまわない問答である。その場には、針でつつけば破裂しそうな、ぴりぴりとした緊張感が漂っていた。

「金次郎さんには世話になったんで、こういう使いは気が引けんですが、親分の命令ですから」

「それじゃ親分にいっとけ。明日中には何とかするって、話はそれで終わりだ」

金次郎は猪首を押しのけて行こうとしたが、ひとりに肩と腕をつかまれた。金次郎はその男をにらみつけた。

「触るんじゃねえ。おれは約束は守る。明日まで待てというんだ」

「金次郎さん、約束は昨日だったんですぜ。それをお忘れじゃないでしょうね」

中肉中背の男が冷ややかな目で金次郎を見つめる。その男は金次郎の手をしっかりつかんでいた。

金次郎はその男を静かに見返した。すごい眼光である。

「おい、おめえいつからおれにそんなでけえ口利くようになった。手を放せ。……放せッてんだ」

中肉中背は金次郎の腕をつかんでいた手をゆっくり放した。

「親分にいうんだ。おれには会えなかったと」

「そんな嘘はつけませんぜ」

猪首だった。

「明日、親分の家に行く。それがおれの返事だ」

金次郎はそのまま行こうとしたが、また中肉中背が肩をつかんだ。

刹那《せつな》、金次郎は腕を大きく振って払いのけると、目の前の猪首を押し倒して、脱《だっ》兎《と》のごとく駆け出した。

虚をつかれた猪首とまわりの三人は、逃げる金次郎を見送っていたが、

「逃がすんじゃねえ」

と、倒された猪首がけしかけるようにいうと、みんな金次郎を追って走り出した。

伝次郎は河岸道を駆けていく男たちを見送ったが、その姿はすぐ左の道に切れ込んで見えなくなった。

やくざ同士のいざこざなら放っておくが、伝次郎は舟を出してすぐ、金次郎という男が、ひょっとするとお晴の亭主ではないかと思った。そうでないことを願いた

いが、こういったときの勘はよくあたる。

心配になったので、また舟を岸に寄せて、お晴の家に足を運んだ。

腰高障子は閉まったままで、家の中は静かだった。少し躊躇《ためら》って声をかけようとしたとき、苦しそうなお晴の咳が聞こえてきた。それが静まってから、伝次郎は声をかけた。

「お晴さん、昨日の船頭です。ちょいとお邪魔します」

断って戸を開けて三和土に入った。病人に風をあててはいけないので、後ろ手で戸を閉める。

お晴は床についたままだった。幼いお君がこわばった顔で見てくる。

(この子はなぜこんな顔をするんだ?)

伝次郎はそう思ったが、お晴に声をかけた。

「お加減はどうです?」

「ええ、昨日よりはよくなっています。船頭さんのおかげです」

「ああ、そのままそのまま。体にさわるといけねえ。寝ててください」

伝次郎は半身を起こそうとしたお晴を制してつづけた。

「ご亭主は帰ってきたんですか？」

「はい、帰ってきてさっき出かけていきました」

「仕事ですか？」

お晴は短く咳き込んでから、

「……だと思います」

と、誤魔化《ごまか》すように伝次郎から視線を外した。

「男は仕事がありますからね。お君ちゃん、飯は食ったかい？」

伝次郎はとぼけてお君に声をかけた。お君は人を恐れるように、少し尻をすって下がり、うんと頷いた。

「そうかい。いい子だから、おっかさんの介抱《かいほう》をしっかりするんだよ」

お君は小さく頷いた。

「何かほしいものはありませんか？　あれば用立ててきますが……」

「いえ、何もありません。それよりいろいろご面倒をおかけしてすみません。体が治りましたら、ちゃんとお礼をしますので……」

「そんなこたァ気にすることとありません。それじゃお大事に」

伝次郎は行きかけてからすぐに振り返った。

「お晴さん、ご亭主の名はなんとおっしゃいます？」

「……金次郎です。いずれ船頭さんには礼をしなければならないといってました。ほんとにご迷惑をおかけしました」

お晴は億劫《おっくう》そうに半身を起こして頭を下げた。

「寝ててください。それじゃ失礼します」

伝次郎は表に出て、小さく舌打ちした。

やはり、さっき逃げた男がお晴の亭主・金次郎だったのだ。昨日お晴の家が何となく荒んでいる気がしたが、おそらく金次郎がやくざだったからだろう。

しかし、その金次郎は揉め事を起こし、金の工面《くめん》に難渋《なんじゅう》しているようだ。

河岸道に出ると、左右に視線を走らせたが、さっきの四人組も金次郎の姿もなかった。

どうしようかと短く考えてから、伝次郎は意を決した。金次郎に会って話を聞こうと。だが、会えるかどうかはわからない。それでも気になるのは、病《やまい》に倒れているお晴とお君のことがあるからだった。

（おれも余計なことを……）

小さく苦笑し、とりあえず舟に戻った。

第二章　助っ人

一

弥勒寺橋《みろくじばし》のそばに舟をつけた伝次郎は、近くの茶店にいた。

仲間の四人から逃げた金次郎は、竪川沿いの河岸道を走り逃げ、林町二丁目のあたりで左に曲がった。追いかけた四人組もそのあとを追った。

そのことから、金次郎がこの辺に身をひそめているのではないか、と伝次郎は推察して、茶店の床几《しょうぎ》で見張りをしているのだった。

しかし、金次郎の姿も四人組の姿も見ない。空は晴れわたり、気温も上がってきていた。昨日とは大ちがいの小春日和《こはるびより》である。

伝次郎のいる茶店の前には、五間堀《ごけんぼり》河岸があり、上半身裸の人足らが荷揚げ作業をしていた。近くには大名家の屋敷や旗本屋敷が多い。それらの蔵に運ぶ米俵のようだった。

弥勒寺橋を行き交う人は少なくないが、やはり金次郎の姿はなかった。

さっきの河岸道でのやり取りを聞くかぎり、金次郎は金に困っているようだ。そして、一家に追われている。

その理由はわからないが、金次郎は切羽詰まっている。

女房子供がいないなら、放っておくところだが、伝次郎は女房のお晴と娘のお君を知ってしまった。見て見ぬふりはできない。

小半刻が過ぎ、半刻（約一時間）近くになったとき、ひょっとしたらと、伝次郎は空に浮かぶ雲を眺めた。

お晴は昨日、神田佐久間町に大切な用事があって舟を使ったのだった。その用事がなんであったかわからないが、おそらく金次郎のために金を工面しに行ったのだろう。

するとこれまでのことを考えると、そのはずだ。

すると、金次郎は神田佐久間町に行くのではないだろうか……。

そこまで考えると、きっとそうではないだろうかという思いが強くなった。

伝次郎は茶店を出て猪牙に乗り込んだ。そのまま六間堀に出て、竪川に出る。気が急《せ》いているせいか、いつもより棹のさばきが早くなっている。

一ツ目之橋《ひとつめのはし》をくぐり抜けて大川に出ると、流れに逆らって神田川を目ざす。流れが早くなったので、伝次郎は棹から櫓《ろ》に替えた。

ギィギィと櫓が軋《きし》む音を立てる。大川の水は豊かで、日の光をちらちらと照り返している。舟のそばで小魚が水面に跳ねあがって、ぴちゃと音を立てて水面下にもぐっていった。そんな光景が何度か見られた。

大川端に繁茂《はんも》しているすすきが、明るい日射しを受けて銀色に輝いていた。

櫓を動かしながら、金次郎に迫った四人の男たちのことを考えた。どこの一家で、どんな親分なのだろうか？　親分の名がわかれば、ある程度の見当はつく。

しかし、博徒《ばくと》一家の興亡は激しい。まったく知らない一家かもしれない。

あの四人は、話を聞いたかぎり、金次郎より格下の男たちだ。おそらく三下《さんした》だろう。

ひょろっとした男は、

——金次郎さんには世話になったんで……。

と、いった。

それに金次郎は、

——おい、おめえいつからおれにそんなでけえ口利くようになった。

と、中肉中背の男をにらんだ。

つまり、金次郎はあの四人の兄貴分なのだ。

舟は柳橋《やなぎばし》をくぐり、神田川に入っていた。伝次郎は櫓から棹に持ち替えて、河岸道や柳原《やなぎわら》土手に目を注ぐ。

土手道には背中に大きな荷を負った行商人や、商家の奉公人らしき男の姿があった。河岸道には町のものに混じって大名家の勤番侍《きんばんざむらい》の一行があった。しかし、金次郎の姿も、四人組の姿もない。

金次郎はうまく逃げおおせたなら、必ずこっちに来るはずだ。来なければ捕まったと考えるしかない。

（捕まった……）

伝次郎は棹を川底に立てたまま、ハッとなった。

あの様子からすると、金次郎が捕まれば無事にはすまないはずだ。もし、そうなったらお晴とお君はどうなる……。

他人事《ひとごと》ながら穏やかな心境にはなれない。お晴を舟に乗せたばかりに、余計なお節介《せっかい》を焼くことになっちまった、と悔やみもするが、もはやあとに引けない自分がそこにいる。伝次郎ははっと、大きく息を吐いて、腹をくった。

(こうなったら無事にまるく収まるまで様子を見よう)

佐久間河岸に舟をつけると、佐久間町三丁目の茶店に入って、金次郎があらわれるのを待った。茶店のある町の北側に、昨日お晴を連れて行った玄周という医者の家がある。

(まったく薬礼を吹っかけやがって……)

暇だからつい他のことまで考えてしまう。

それに、道行く人を眺めながら、千草の店の客が殺されたという話まで思いだした。松田さんが受け持っているから、下手人の捕縛《ほばく》までそう手間はかからないだろうと思うし、そうであってほしかった。

中天《ちゅうてん》に昇った日が、ゆっくり西にまわりはじめた。すでに正午を過ぎていた。

小腹が減ったので、通りを見張ることのできる一膳飯屋に入って、焼き秋刀魚をおかずに丼《どんぶり》飯を頰《ほお》ばった。

飯屋を出ると、また茶店の床几に座って通りを眺めた。

無為に刻《とき》は過ぎるだけだ。

ひょっとして捕まっちまったか、とあきらめの心境にもなった。だが、元町奉行所同心だった伝次郎には、じっと待つことに対する忍耐力があった。

——あきらめたら、そこで終わりだ。

探索の際に、先輩同心からよくいわれたことだった。

日はさらに西にまわり、人の影が長くなった。もう八つ半（午後三時）は過ぎただろうか。辛抱《しんぼう》強く金次郎を待ちつづけるが、いっこうにその姿はあらわれない。

（おれも馬鹿なことをやっている）

伝次郎は自嘲の笑みを浮かべるしかない。余計なことに口出ししようとしているので、仕事もしていない。

あきらめて、お晴に差し入れでも持っていこうかと思いはじめたときだった。やっと待ち人の姿が見えた。

伝次郎は床几から立ちあがると、静かに金次郎を眺めた。そんなことに気づきもしない金次郎は、伝次郎の前を通り過ぎていった。

深刻そうな顔にある眉間《みけん》にはしわが彫られていた。どうやらうまくあの四人から逃げたようだ。

伝次郎は金次郎を追うように歩いて、声をかけた。びくっと肩を動かして立ち止まった金次郎がゆっくり振り返った。

二

「何かおれに用かい？」

そう問いかけてくる金次郎の目には、強い警戒心があった。

中肉で目にすごみがある。右耳の付け根に小豆《あずき》大の黒子《ほくろ》。鼻筋の通った顔だ。

「船頭の伝次郎という。あんたの女房を昨日舟に乗せたものだ」

金次郎は片眉を動かし、目を見開いた。それから膝に手をやって腰を折った。

「世話になった。なんでも薬礼を立て替えてくれたそうで……」

「そんなことは気にすることはねえさ。それよりあんた、何か困ってるんじゃないか」

伝次郎は一歩足を進めて、今朝、林町河岸で四人の男たちと問答していたことを見聞きしたといった。

「ありゃあ、あんたの弟分だろうが、穏やかじゃなかった」

「何をいいたい。悪いが医者代のことならちゃんと返す。おれはちょいと急いでるんだ」

「金がいるんだろう」

金次郎は行きかけた足を止めて、伝次郎に体を向けなおした。

「余計な口出しは勘弁してくれ。それに、おれにはあまり関わらないほうが身のためだ。親切は恩に着るが……」

「おれは元御番所の人間だ」

伝次郎は遮っていった。

金次郎のこめかみがぴくっと動き、伝次郎を舐《な》めるように見る。

「わけあって船頭に身をやつしている身の上だが、困っているなら力になれるかも

しれねえ。余計なお節介だというのはわかっているが、おまえには女房子供がいる。おれの舟に乗ったお晴さんを知ったばかりに、あとに引けなくなった」

金次郎はふっと、短く息を吐き、周囲に視線をめぐらしながら何かを躊躇った。

「御番所の人間だったてエのはほんとうかい？」

「いい触らされたら困るが、南町奉行所の定町廻《じょうまちまわ》り同心だった」

伝次郎は自分のことを打ち明けなければ、金次郎は胸襟《きょうきん》を開かないだろうと思っていた。

案の定、金次郎は折れた。

「それじゃ話をさせてもらえますか」

伝次郎は応じて、さっきの茶店に戻った。今度は人目につかない、葦簀《よしず》の陰になる店の隅に腰を据えた。

「どこの一家だ？」

伝次郎は茶を運んできた小女《こおんな》が下がったのを見てから口を開いた。

「業平《なりひら》の豊蔵《とよぞう》一家です」

伝次郎は記憶の糸を手繰《たぐ》ったが、知らない博徒一家だった。

「知りませんか……。豊蔵親分は板橋《いたばし》の藤五郎《とうごろう》一家にいた人間です。そういやわかるんじゃないですか」

「板橋の藤五郎なら知ってる。だが、もうずいぶん年だろう」

「去年死にました。それで代貸《だいがし》だった豊蔵さんが、業平に一家を構えたんです。藤五郎親分のあとは、豊蔵親分の兄弟分が継いでんです」

「それで金を工面しなきゃならないようだが、いったい何があった?」

伝次郎は金次郎を見つめた。

葦簀から漏れ射す光が金次郎の顔に縞目《しまめ》を作っていた。

「こんなこたァ、堅気《かたぎ》の人間にゃいいたくないことですが、伝次郎さんには恩義もありますからね」

金次郎は躊躇いがちにそういって、苦境に立たされている発端《ほったん》となったことを話しはじめた。

それは十日ほど前のことだった。

その日、金次郎は北割下水《きたわりげすい》に近い旗本屋敷で開かれた花会《はなかい》を終えて、ひと息つこ

うと豊蔵一家の縄張りから少し離れた、本所松倉町《まつくらちょう》の居酒屋に立ち寄って酒を飲んでいた。

花会は一家の資金集めに行われたもので、親分の豊蔵は北本所の博徒一家だけでなく、花川戸《はなかわど》あたりの親分らも呼んでの博打興行《ばくち》となった。

花会にやってくるのは堅気の客ではなく、同業のものたちばかりだ。粗相《そそう》があってはいけないので、何日も前から金次郎ら子分たちはぴりぴりと張り詰めて準備をしたり、客人たちへの土産《みやげ》を揃えたりしていた。

いざその日になると、親分衆を丁重に迎え、粗相のないように滞《とどこお》りなく花会を進めなければならなかった。

もちろん博打をやるのだが、堅気連中を相手にするのではないから、煙草盆ひとつ、あるいは茶の一杯を出すのにも気を使わなければならなかったし、供についてきた子分衆にも神経を使った。

粗相をすれば、それは即、自分の〝親〟である豊蔵の顔に泥を塗ることになるし、他の親分衆への非礼となる。

必然、気を張って仕事をすることになるが、うまくいけば、褒美《ほうび》に小遣いをわた

される。博徒は粋《いき》でなければならないから、客の親分衆はそういったときは小遣いをはずむのが常だ。

とにかく花会は無事に終わり、催《もよお》した豊蔵も満足げだった。ホッと肩の力が抜けたのは、何事もなく後始末を終えたときだった。

親分の豊蔵も機嫌がよかったが、代貸の玄九郎《げんくろう》も、よくやってくれた子分らにいつになくねぎらいの言葉をかけ、酒手《さかて》をはずんでくれた。

ここ数日の緊張が解けたのか、金次郎はいつになく酒がうまいと感じた。その分酔いも早かった。誰に遠慮することなく、飲める酒が一番である。

それは三合の酒をあけたときだった。小女にもう一本と酒を頼むと、さっきから管《くだ》を巻くようにぶつぶつ独り言をいいながら飲んでいた客が、

「おい、つばをかけるんじゃねえ」

と、いってにらみを利かせてきた。

五十過ぎの男だった。

「つばをかけただと。……ま、そりゃすまなかった」

金次郎は、一瞬、カッと頭に血が上りそうになったが、すんでのところで堪えて

謝った。

　ところが年寄りは引き下がらなかった。

「ずいぶん素っ気《そけ》ねえことをいいやがるな」

「なにィ……」

　金次郎はにらみを利かせたが、年寄りは気にもせずに突っかかってきた。

「そりゃすまなかっただと、小馬鹿にしたような口を利きやがって、舐めてんのか」

「舐めてなんかいねえさ。おい、爺さん酒が過ぎてんじゃねえか。店の迷惑にならねえうちに帰ったほうが身のためだ」

「利いたふうな口を利くんじゃねえ、小僧がッ！」

　年寄りはいきなり盃を投げてきた。

　それが金次郎の肩にあたり、着物を汚した。腹の中でいいようのない怒りが湧いた。酒で汚れた襟をじっと見てから、年寄りをにらんだ。

　年寄りも負けじとにらんできて、ふん、この洟垂《はなた》れが、と小馬鹿にするようなことを口にした。

金次郎はすっと立ちあがると、

「爺さん、表に出ろ。話をしようじゃねえか」

と、年寄りに顎をしゃくった。

店には数組の客がいたが、金次郎と年寄りの成り行きを見てしんと黙り込んでいた。店の小女も亭主も息を呑んだ顔をしていた。

「迷惑はかけねえ」

金次郎は店のものにいって先に表に出た。遅れて年寄りが出てきた。

「話ってのはなんだ？　ここで土下座でもして謝るってェのかい」

「おい爺さん、喧嘩《けんか》を売るなら人を見てからにすることだ」

「威勢のいい野郎だ。どこのもんだ？　どう見たっててめえは堅気には見えねえ」

「業平の豊蔵一家の金次郎だ。覚えておきやがれ」

金次郎はいうが早いか、年寄りの腕をつかみ取るなり、足払いをかけて地面にたたきつけ、そのまま片腕をへし折ってやった。

年寄りはなす術《すべ》もなく芋虫のように背をまるめてうめいていた。金次郎はそれでも気が収まらず、年寄りの背中を蹴りつけて店に戻った。

「ところがその年寄りが、豊蔵親分の兄弟分で、代貸の叔父貴《おじき》だったんです。それを知ったのは翌《あく》る日のことで、あっしはすっかり顔から血の気が引いちまいましてね」

金次郎は茶を飲んで、そこで一呼吸入れた。

「すると、金はその年寄りの治療代ってことか？」

「そういうことです。年寄りは左五郎《さごろう》さんていうんですが、あっしはまさか豊蔵親分と代貸とそんな間柄だとは知らなかったんで……」

金次郎は話したせいか、弱り切った顔になっていた。

「……金はいくら都合しなきゃならないんだ？」

「二十両です」

大金である。

「あっしは左五郎さんの右腕を折っちまったんで、それがみあいの金だといわれまして……。期限は昨日までだったんですが、どうにも都合がつかずに」

「それで明日まで待ってくれと、三下らにいっていたんだな」

「さいです」

「都合つけられるのか？」

「つけるしかありませんので……」

伝次郎は茶に口をつけた。十両だったら貸してもいいが、そこまでする必要はないだろうし、そんな仲でもない。

「身から出た錆《さび》といえば冷たいが、うまくやることだ。女房と娘がいるんだ」

「わかっておりやす」

金次郎はぺこりと頭を下げた。それを見た伝次郎が腰をあげると、

「伝次郎さんにはどうやったら会えます？」

と、金次郎が聞いてきた。

「なぜ、そんなことを？」

伝次郎は問い返した。

「薬礼の借りがあります。金を工面したらお返ししなきゃなりませんので……」

「それは、余裕ができたときでいい。おれは山城橋のそばに舟を留めている。用があるなら朝の早いうちにそこにくればいい」

三

伝次郎が佐久間河岸に戻って舟を出そうとすると、待ってくれ、とひとりの行商人に引き止められた。浅草今戸《あさくさいまど》までやってくれというので、行商人を乗せて大川に出た。

その客を今戸橋のそばで降ろすと、都合よく別の客を拾うことができた。今度は深川まで行ってくれという。

上りは難儀《なんぎ》だが、下りは楽である。下りの操船は、櫓を使うこともあるが、伝次郎は好んで棹を使うようにしている。

小春日和なので風が心地よい。客はのんびり煙草を吹かしながら、両岸の景色を眺めていた。銀色に輝くすすきの穂があれば、枯葉を落としきった柿の木に、数個の赤い熟柿《じゅくし》がしがみついている。

猪牙の舳《みよし》は軽快に波を掻き分けて、吾妻橋《あづまばし》、大橋、新大橋とくぐり抜けていった。

客が深川万年町《まんねんちょう》までやってくれと指示したので、伝次郎は仙台堀《せんだいぼり》に猪牙を乗り入れ、海辺橋《うみべばし》の手前で客を降ろした。

「船頭さん、気分がよかったんで、これは酒手だ」

客は舟賃の他に小遣いをくれた。

「へえ、ありがとうございます」

伝次郎は礼をいうと、舟を返した。

そのままゆっくりと滑らせるように岸沿いを進む。

適当なところにつけて客待ちをしようと考えていた。

日は大きく西にまわり込んでいる。あとひとりか二人客を乗せたら、今日の仕事は終わりだろうと思っていた。

大川に出る手前に上之橋《かみのはし》が架かっている。そのそばの舟着場に、伝次郎は猪牙をつけた。

音松の店はすぐそばだ。偶然会うかもしれないと思って煙管を吹かした。

大川が傾いた日の光を受けてきらめいている。ただし、対岸に近い流れは、大川端の土手が影を作っているので、黒くしか見えない。

川も道と同じで、日向《ひなた》もあれば日陰もある。それは人生にもあてはまるかもしれない。正々堂々とお天道《てんと》様の下を歩けるものと、人目を避けて日陰しか歩けないものがいるということだ。

元町奉行所の同心だった伝次郎は、後者にあたる人間を数え切れないぐらい見ている。

（あの男も日陰の人生を歩きつづけるのか……）

ふと金次郎のことが脳裏を掠《かす》めた。

金は工面できただろうか、と思いもする。

二十両は大金だが、それでまるく収まればいうことはないだろう。いちゃもんをつけられての喧嘩沙汰なので、本来なら両成敗《りょうせいばい》だろうが、相手が悪かったというしかない。それに金次郎は、左五郎という年寄りの片腕を折っている。

二十両は痛い出費だが、しかたないことかもしれない。

そんなことを考えながらも、お晴は少しは元気になっただろうかと思う。他人の女房の心配をするのも変だが、その考えの先には娘のお君の存在があるからだ。母親は床に臥《ふ》せっているし、父親は切羽詰まっている。

何も知らない子供には、なんの罪もない。それなのに不自由しているなら不憫である。

急にあたりが暗くなったと思ったら、日が雲に遮られたのだった。そばの橋をわたる人の影は逆光になっていて黒かったが、いまは顔が見えるようになった。あれ、と胸のうちでつぶやいたのは、その橋をわたっていくのが誰だかわかったからだった。音松と千草だった。

「音松……」

伝次郎は舟から立ちあがって声をかけた。

音松と千草は同時に立ち止まり、橋の上から見下ろしてきた。

「伝次郎さん」

千草が先に口を開いた。

「二人揃って何してんだ？」

「大事な野暮用です」

音松が声を返してくる。

「妙なことをいうな……」

「例の五右衛門さんのことですよ」

千草がそういった。

「五右衛門……ああ、あの一件か。で、どうしたんだ？」

千草は音松と顔を見合わせて、いまそっちに行きますといって、舟着場にやって来た。

「下手人探しの端緒がなかなかつかめなくて難渋してんです。それで松田の旦那がちょいと助をしろとおっしゃいますんで、受けたとこなんです」

音松がそういう。

「下手人の目途《めど》もついてないってことか……」

「あれこれ聞き込みをして何人か目星をつけてるようですけど、これって人間に行きあたっていないようで……」

「それでどこに行こうとしてたんだ？」

「五右衛門さんと友達だった、文四郎という役者に会いに行くとこなんです」

「その男に松田さんは会ってんだろう」

「一度会ったらしいですけど、どうもしっくりこねえところがあるようなんです。

ところが、他に目星をつけている人間にあたるのが忙しいんで、あっしが頼まれたってわけでして、へえ」

音松は脇の下をボリボリ掻いていう。

「それじゃおれも付き合おう。そろそろ仕事を切りあげようと思っていたところだったんだ。で、文四郎とはどこで会うんだ」

「六間堀町《ろっけんぼりちょう》の文四郎の家です」

「なんだ。千草の店の近くじゃないか。ついでだ、乗ってけ」

伝次郎は二人を乗せて舟を出した。

千草は下佐賀町《しもさがちょう》の乳熊屋《ちくま》で味噌を買ってきた帰りに、ばったり音松に会ったらしい。そういって味噌を包んでいる風呂敷を掲げた。

舟を上らせながら、松田久蔵の調べがどこまで進んでいるか音松に訊ねたが、詳しくは聞いていないという。

「とにかく五右衛門が殺される二日前に、文四郎は深川元町の四阿って料理屋で会ってんです。二人は親しい間柄なので不思議はないんでしょうが、四阿の女中が二人がいい争っていたようなことを口にしてるらしいんです。その辺の詳しいことも、

その女中から聞きたいと思ってんです」

「五右衛門は首を絞められて殺されたんだな」

そうです、と音松が答える。

伝次郎は櫓から棹に持ち替えた。万年橋をくぐって小名木川《おなぎ》に入ったのだ。そのまま猪牙を六間堀に乗り入れる。

「五右衛門の家はまだそのままだろうか?」

「さあ、それは」

音松は首をかしげる。伝次郎は、調べるならもう一度殺しのあった現場を見るべきだと、音松に助言した。

文四郎の家は六間堀に架かる中之橋に近いところだった。興味があるらしく、千草がいっしょについていっていいかという。

「文四郎って人の顔を見ておきたいから……」

そうすれば何かの役に立つかもしれない、と千草はいう。伝次郎は好きにさせることにした。音松も何もいわない。

文四郎の長屋は、日あたりの悪い裏店だった。路地奥は袋小路になっていて、夏

でもないのに厠《かわや》の悪臭が漂っていた。

戸口前で音松が声をかけたが、返事がない。もう一度声をかけると、隣から出てきた職人ふうの男が、昨日から顔を見ていないから留守だろうという。

「行き先は聞いてないか？」

音松が聞くが、男は聞いていないという。

「おつなって女房がいるはずだが、その女房はどこにいる？」

「おつなさんも昨日から顔を見てませんよ。部屋はことりとも音がしないし、話し声も聞こえませんしね。町の親分ですか？」

男は音松を見て聞く。

「町方の助仕事をしているだけだ」

男に応じた音松は、腰高障子を試しにとばかりに横に引いてみた。すると、するすると戸が滑って開いた。

「あッ！」

とたん、音松が驚きの声を発して、伝次郎を振り返った。

四

「どうした？」

「み、見てください」

音松は声をふるわせ、大きく目をみはって家の中を指さす。伝次郎は音松の肩越しに家の中をのぞき、ぴくっと片眉を動かして顔をしかめた。

女が死んでいたのだ。

茶簞笥《ちゃだんす》に背中を預け、両足を投げだし、がっくり頭を垂れている。乱れた襟元から片方の白い乳房がのぞき、その乳房に口から漏れた血が筋を引いていた。

伝次郎はさっと千草を振り返った。見せたくなかったが、すでに千草は死体を見ていたようだ。

「千草、このことを知らせに番屋に走ってくれ」

「は、はい」

千草は乳熊屋の味噌を包んだ風呂敷を、しっかり抱くようにして長屋を出ていっ

た。

「音松、この女は文四郎の女房か？」

「だと思いますが、あっしにはわかりません。隣の人にたしかめてみましょう」

音松はさっきの職人ふうの男を連れてきた。そして、死体を見せると、腰を抜かしそうになって驚き、

「ど、どどどうして、こ、こんなことに……」

と、声をふるわせた。

「死んでる女が誰だかわかるか？」

「お、おつなさんです。文四郎さんのおかみさんですよ」

小便をちびりそうになっている隣の男は国助《くにすけ》といい、釣り竿職人だった。

「昨日から文四郎とおつなを見ていないと、さっきいったな。それは昨日のいつ頃からだ」

伝次郎は船頭のなりをしているが、元同心の顔になって聞いた。

「いつ頃って、そういや朝から見ていないような……」

国助は首をかしげていう。

「顔は見なかったが、昨日の朝はいたのか？　話し声とか物音を聞いていれば、わかるだろう」

「顔は合わせなかったけど、昨日の朝はいたはずです。声を聞いた気もしますし……」

何だか国助の証言は曖昧《あいまい》になった。

「音松、殺されたおつなと亭主の文四郎を、最後に見たものが誰だか調べてこい」

「へい」

音松が奥に歩いて行くと、伝次郎はその場に国助を残して、家の中に入った。

まずはおつなの死因を調べるために、体を見た。とくに刃物傷はない。うなだれている顔を持ちあげると、首に紐状のもので絞められた痕《あと》があった。

（首を絞められたのか……）

おつなの足許の煙草盆が引っ繰り返っているぐらいで、家の中が荒らされた様子はなかった。九尺二間の狭い家だが、夫婦者らしく調度品は整っていて、化粧道具など細々《こまごま》したものが多い。それでも器用に整理されていた。

それだけで、おつなと文四郎が几帳面《きちようめん》な夫婦だというのがわかった。

「殺しですって……」

突然、戸口に人が立って声をかけてきた。

伝次郎が振り返ると、

「書役《かきやく》の甲右衛門《こうえもん》だけど、あんたは……」

と、中年の男が名乗って訝《いぶか》しそうに見てくる。

「船頭の伝次郎といいやす。たまたまここを訪ねてきて、死体を見つけたってわけです」

「親方、そのわけはあとで詳しく話すわ。ここは伝次郎さんにまかせて」

千草が口を挟む。書役のことを、大方どこの自身番でも「親方」と呼ぶ。

「おいおい女将さん、船頭にそんなことまかせられないよ」

「大丈夫、伝次郎さんは町方の旦那の手先を務めているから」

「ほんとうかい」

甲右衛門は額に深いしわを走らせて伝次郎を見た。

「とにかく調べが先だ。下手人の手掛かりがあるかもしれねえからな」

伝次郎は調べに戻った。

だが、わかったことは少ない。

凶器に使われた紐状のものは見あたらないし、おつなが殺された時刻も定かではない。ただ、見当をつけるならば、すでに体は硬直しているので少なくとも半日はたっているとみてよかった。

死後硬直は、気温や死人にもよるがおおむね一刻《いっとき》（二時間）から二刻（四時間）前後ではじまり、四刻（八時間）ほどで全身に及ぶ。さらに時間が経過し、一日半ほどすると硬直が解けていく。

つまり、おつなが殺されたのは、明け方の七つ（午前四時）前後と考えていいだろう。

伝次郎は下手人の落とし物がないか、家の中に目を凝らすが、ものが多いために、それが家人のものなのかどうかがわからない。気に留めるものが多すぎるのだ。

「旦那……」

音松が戻ってきた。

「おつなと文四郎は昨夜家にいたようですが、この家を訪ねてきたものがいたかどうかわかりませんし、亭主の文四郎がいつ長屋を出ていったかもわかりません」

「それじゃ文四郎はどこにいるんだ？」

伝次郎が煙出《けむだ》し窓を見て、疑問を呈したとき、戸口前にまた人があらわれた。

「松田さん」

「永代橋の際《きわ》で番屋の番人に教えられてな。どれ……」

松田久蔵はそういうと、書役の甲右衛門を脇にやって家の中に入ってきた。

「おそらく殺されて半日以上はたっているでしょう」

久蔵が死体の顔をのぞき込むと、伝次郎がいった。

「手口は？」

「紐のようなものを使って首を絞めてます」

久蔵は死体の首についている絞殺痕を見て、なるほどといった。

「三味線弾きも首を絞められて殺されていたんでしたね」

「そうだ」

久蔵は家の中に視線をめぐらした。

「亭主の文四郎はどこだ？」

「ここに来たときはいませんでした」

久蔵はチッと舌打ちをして、

「音松、文四郎は中村座にいるかもしれねえ。八兵衛、おまえも音松と中村座に行って文四郎を探してこい。いたら、こっちの番屋に連れてくるんだ」

指図《さしず》された音松と八兵衛が駆け去ると、おつなの死体を一旦、自身番に移し、再度検死をすることにした。

また、殺しのあったおつなの家には、自身番の番人が見張りについた。

五

深川六間堀町の自身番は、中之橋のそばにあった。

日の翳《かげ》りは早く、腰高障子は屋内の行灯のあかりを受けていた。

おつなの死体を自身番に運び入れると、久蔵があらためて検死をしたが、首以外には傷痕はなかった。ただ、右手の爪《つめ》に血まじりの皮膚が詰まっていた。

おそらく首を絞められたとき、相手の手か腕に爪を立てたのだろう。それが精いっぱいの抵抗だったのかもしれない。

「五右衛門とおつなの殺しの手口は同じだ。それに、二人ともひどく抗《あらが》った形跡がない。つまり、下手人は各々の顔見知りと考えていいだろう」

久蔵は茶を飲みながらいう。

「五右衛門のことはどこまでわかっているんです？」

伝次郎は自然の成り行きで、此度《こたび》の二つの殺人の探索に関わりはじめていた。

「親しく付き合っていた人間はすでに何人かあたっているが、もっとも仲がよかったのはおつなの亭主の文四郎だ。誰もが、五右衛門のことなら文四郎がなんでも知っているという」

「五右衛門を恨んでいるような人間はどうなんです？」

「いまのところそういう人間には行きあたっていない。金絡みではないかと思い、そっちも調べたが、五右衛門に借金はなかったようだ。ただ、引っかかりはある」

「それは……」

伝次郎は、町方の同心にしては色白で、整った久蔵の顔を見る。

「五右衛門は長唄の三味線弾きとして売り出し中の男だ。仕事も多く、それなりに実入りはよかったようだが、あれこれ話を聞いていくと、月々の給金は大工の手間

賃とたいして変わらないというのがわかった」

「大工と同じぐらいってことですか……」

もちろん大工といっても、熟練の大工と新参の奉公人では収入がちがうが、おおむね月の実入りは二両から三両程度だ。

「それなのに、やつは贅沢《ぜいたく》な家に住んでいた。独りもんだというのに。着物も新しい誂《あつら》えものばかりだし、帯だって履き物だって、煙管や巾着《きんちゃく》なども高直《こうじき》なものばかりだ。おまけに贔屓《ひいき》にしている店も、ちょいと気取った料理屋だ。実入りを考えれば釣り合いが取れない」

「誰かに三味線を教えていたとか……」

「それはあるかもしれないが、調べはこれからだ」

「それで、五右衛門殺しとおつな殺しは同じ人間の仕業と考えますか？　おれは五右衛門を見ていないんで何ともいえないんですが……」

「手口は同じだ。使ったものも同じだろう。それだけを考えれば、下手人は同じと見ていいはずだ」

「五右衛門が殺されたのは夜から朝にかけてでしたね」

伝次郎はあらましを千草と音松から聞いているので訊ねる。

「たしかな時刻はわからんが、おそらく夜明け前だろう。人目につかない時刻だが、かえって人目につく時刻でもある」

久蔵のいいたいことは、伝次郎にもわかる。

「下手人らしきものを見たものは……」

久蔵はまだいないと首を横に動かした。

江戸には朝の早い職人がいる。魚屋の棒手振、納豆売り、豆腐売りなどだ。さらに、夜廻りをする自身番の番人や、木戸番の番太《ばんた》もそうである。

静かな武家地でも辻番がいるので、閑散とした道を歩けば、目につきやすい。

「遅いな」

久蔵が手にした煙管をくるっとまわして、表に目を向ける。

芝居は夜明けに開演し、日没前に終わる。中村座もすでに芝居は終わっているはずだ。それなのに、文四郎を探しに行った音松と八兵衛の帰りが遅い。

「先に文四郎の長屋に聞き込みをかけておくか。出職《でしよく》の亭主連中がそろそろ帰ってきてるころだ」

久蔵がそういって腰をあげかけたとき、八兵衛と音松が揃って戻って来た。

「文四郎はどうした？」

「それがわからないんです」

八兵衛が答える。

「わからない。どういうことだ？」

「文四郎は下っ端の役者なので、朝のうちに出番が終わったんで早々に帰ったらしいんです。それで長屋に戻っているんじゃないかと思って寄ってきたんですが、まだ帰っていません。長屋の連中も見ていないといいます」

「文四郎が仕事に出ていたのはたしかなんだな」

「それはたしかです」

久蔵は少し思案してから口を開いた。

「これから長屋の連中に聞き込みだ。それが終わったら、おつなが勤めていた店があったな、そっちにまわる」

おつなは本所尾上町《おのえちょう》の三河屋《みかわ》という料理屋で女中をしているのがわかっていた。

「松田さん、おれも手伝ってもいいですが……」

「これはめずらしいことを」

久蔵が驚くのも無理はない。これまで伝次郎は助仕事を頼まれても断るか、進んで手伝うようなことをしなかったからだ。

「おつなの死体を見つけたのはおれです。音松と千草もいましたが、何だか放っておけないでしょう」

久蔵はにやりと笑った。

「伝次郎、嬉しいぜ。喜んで助を頼む。だが、今夜のところはいいだろう。人手は足りている。用のあるときは使いを出す。おまえには仕事があるんだからな」

久蔵は伝次郎の肩を、ぽんとたたいて土間に下りた。

六

「わー、伝次郎さんだ！」

そういう声が飛んできたのは、千草の店「めし　ちぐさ」の腰高障子を入ったときだった。相手はときどき店の手伝いに来るお幸だった。

「大袈裟《おおげさ》な声をあげるんじゃないよ」

伝次郎はお幸を軽くたしなめて、いつも自分が座る小上がりの隅に腰をおろした。他に二組の顔見知り客がいて、伝次郎に軽く会釈《えしやく》をしてくる。伝次郎も会釈を返す。

「いつものようにつけるのね」

お幸が注文を勝手に口にする。

「まずは冷やでいい。喉が渇いてんだ」

はいはい、と軽薄な返事をしてお幸は板場に下がった。伝次郎が煙草入れを出してそっちを見ると、千草が何かわかりましたかと低声《こごえ》でいった。

伝次郎は首を振る。そこへお幸が酒を運んできた。小鉢に入っているお通しは、小鰺《こあじ》の塩漬けだった。

「ねえ伝次郎さん、おっかない人殺しがあったんですって……」

お幸は小上がりの縁《へり》に横座りして、酌をしながら低声でいう。無花果《いちじく》のように赤いほっぺは相も変わらずで、愛らしい鼻がぷいっと天井を向いている。

「耳が早いな」

「だってもう町中の噂ですよ」

噂になるのは無理もない。それに殺しの起きた場所が近いからなおさらだろう。

「どうなってるんです？　さっきも殺されていた人がいたって、女将さんに聞いたんですけど……」

お幸は低声でいいながらも興味津々《しんしん》の顔を、千草と伝次郎に交互に向ける。

「あんまりこういうことは、いい触らさないほうがいい。咎人《とがにん》はすぐそこにいるかもしれねえんだ」

「ま、おっかないことを……」

「ほんとうだ。それに調べは始まったばかりだ。余計なことは口にしないことだ。それとも、何か知っていることでもあるのか？」

「とんでもありません。そんなこと」

お幸はぶるぶると、激しく首を横に振った。

「お幸ちゃん、もう一本つけてくれるかい」

土間席の客から声がかかったので、お幸は返事をして板場に下がった。それと入れ替わるように、千草がそばにやってきた。

茄子《なす》と蒟蒻《こんにやく》の味噌和《あ》えを膳に置いて、

「おつなさんのこと、何かわかりました？」

と、聞いた。

「これといってわかっていることはない。いま、松田さんが長屋で聞き込みをしているところだ」

「文四郎というご亭主は？」

「中村座の仕事には出ているらしいから、今朝はいたはずだが、いまはどこにいるかわからない。女房が殺されたのも知らずに飲み歩いているのかもしれないが……」

伝次郎は盃に口をつけながら、今朝は文四郎が出かけたあとで、おつなが殺されたのだろうかと推量する。

もしくは文四郎が下手人なのかもしれない。このまま文四郎が行方知れずとなれば、その可能性は高い。

それから小半刻ほどして、先に来ていた一組の客が帰っていった。その客も、もう一組の客も殺しのあったことを知っていて、ときどきそんな話をしていた。

残りの客が店を出たのは、伝次郎が三合の酒を飲み終えたときだった。

「伝次郎さん、また」

挨拶をして帰るのは為七《ためしち》という畳職人だった。その連れも軽く伝次郎に頭を下げた。

「何やら物騒《ぶっそう》なことが起きてるようだから気をつけてな」

伝次郎は言葉をかけて、仕上げに茶漬けを注文した。

「もう終わり？」

お幸が怪訝《けげん》そうな顔をする。

「朝からいろいろあって疲れてる。たまには体をいたわらなきゃ」

「もう年ですからね」

「おまえもいうようになったな」

言葉を返すと、お幸はいたずらっぽい笑みを浮かべて首をすくめた。

茶漬けをかき込むと、そのまま店を出た。勘定《かんじょう》は晦日《みそか》払いだから気にすることはなかった。お幸と並んで見送りに出た千草が、

「松田さんのお手伝いをするの？」

と聞いてきた。

「それはわからん。だが、頼まれたら断らないつもりだ」

そう応じる伝次郎だが、すでに腹は決まっていた。助ばたらきをすると。

これまでは、同輩や先輩同心から距離を置こうとしていた。それは自分が町奉行所を離れた人間だということもあるし、いまは市井《しせい》に埋もれた一介の船頭だから差し出がましいことはしないほうがいいという、自分を戒《いまし》める気持ちがあったからだった。

しかし、世話になっていた酒井彦九郎《さかいひこくろう》を失ったあたりから、心境に変化があった。

(頼まれたら引き受けてもいい)

そして、何度か元同心仲間の相談を受けた。

さらに、先だっては軽子坂《かるこざか》に住まう、小宮山万次郎《こみやままんじろう》という旗本の通い妾《めかけ》が殺されるという事件があった。伝次郎はその一件の助ばたらきをして手柄を立てていた。

そのあとで、

(おれの体には、拭っても拭い切れない町方の血が染みついているんだな)

つくづくとそう思ったのだった。

だったら依怙地《いこじ》にならず、流れに身を委《ゆだ》ねればよいと開きなおった。千草は危険なことに関わると心配をするが、そのことをあまり気にかけていると身動きが取れなくなる。

それに無駄に長生きをしたいとは思っていない。他人の世話を受ける年寄りになるぐらいなら、その前にさっさと死んだほうがいい。

ときどき、千草とそんな話をするが、千草も同じ考えを持っていた。

酒で火照《ほて》った体は夜風にあたったせいか、すぐに酔いが醒《さ》めた。そのまままっすぐ帰ればよいのに、伝次郎は文四郎の長屋に足を運んだ。

しかし、文四郎の家に灯りはついていず、腰高障子も閉まっていた。久蔵の指図を受けている見張役がどこからともなくあらわれ、「まだ帰ってきません」と、耳打ちするように教えてくれた。それなら自身番にと思い、そっちにまわると、詰めている番人がみんな引きあげたという。

「文四郎は見つかったのか?」

「それがわからずじまいなんです。松田さんは、明日もう一度調べなおしだといってました」

番太は困り果てたように眉尻を下げていった。

伝次郎は表の闇を見た。

文四郎の長屋には、見張りがつけられている。ここで出しゃばることはないだろうと思い、おとなしく帰ることにした。

七

腰高障子が、コトコトと風にふるえるように音を立てていた。伝次郎はその音で目を覚ましたのだが、表では小鳥たちがすでにさえずっていた。

半身を起こし、目をこすった。

疲れがたまっているのか、このごろ寝起きが悪くなった。

（おれも年か……）

そんなことは思いたくないが、四十の坂を上りはじめているのはたしかだ。年々体力が衰えるのはしかたない。よっこらしょと、まるで年寄りのように声を漏らして夜具をたたみ、腰手拭いで井戸端に行く。

うっすらと朝靄《あさもや》が漂っていた。長屋はひっそりしている。早起きの年寄りもいるが、今日は顔をあわせない。

どぶ板の走る路地の先を棒手振が通り過ぎていった。

顔を洗い軽く口をすすぐと、家に戻って湯を沸かした。

昨夜千草の店を出るときに、朝餉《あさげ》にしてくれといって、おにぎりをもらっていた。それには漬け物が添えられていた。

茶を淹《い》れて千草手作りのおにぎりで腹を満たし、仕度にかかった。ちらりと奥の寝間に目をやる。刀を持参しようかと考えたのだ。

いざとなれば松田久蔵の助ばたらきをする覚悟である。昨日は文四郎という役者の女房・おつなの死体を見つけてもいる。

千草と音松がいっしょにいたが、やはりことが殺しだけに気になる。

二日前には五右衛門という三味線弾きが殺されている。

その五右衛門は、昨日殺されたおつなの亭主・文四郎と親友だという。さらに、二人を殺した下手人の手口は同じである。

表通りに出ると、うすい川霧が地を這《は》っていた。道のずっと先の空に、雲が赤紫

色に染まり、次第に明るさを増していた。

商い番屋の前を通り過ぎて、自分の猪牙をつないでいる雁木を下りようとしたとき、伝次郎は足を止めた。雁木の途中にひとりの男が座っていたのだ。

人の気配に気づいて男が振り返った。

「金次郎じゃねえか。どうした？」

伝次郎が声をかけると、金次郎は立ちあがって尻を払い、頭を下げた。

「伝次郎さんを待っていたんです。家がどこかわからないんで、ここにいれば会えると思いまして……」

そういう金次郎の表情は曇りがちである。

伝次郎は数段雁木を下り、金次郎のそばに立ち、それからゆっくり石段に腰をおろし、何があった、と訊ねた。

「女房と娘が攫《さら》われちまったんです」

伝次郎はさっと金次郎を見た。

悔しそうに口を引き結んだ金次郎が、隣に腰をおろす。

「攫ったのは一家の野郎たちです。長屋の者が見ているんで、それはわかっている

んですが……」

「いつのことだ？」

「昨日の夜です。あっしが金を工面しに行っている間に連れて行かれちまって……」

ろくに寝ていないのか、金次郎の顔には疲れがにじんでいた。

「連れ戻しには行っていないんだな」

「そうしようと思ったんですが、二の足を踏みました。親分は金が目当てです。約束の金を持っていかなきゃ、女房子供を返してくれないのはわかっています」

「するとまだ二十両は拵《こしら》えていないと……」

「うまくいきませんで……。十両は何とかなったんですが……」

金次郎は足許の小石を蹴った。小石はころころと雁木の石段を転がり、六間堀にぽちゃんと音を立てて落ちた。

「今日も金の工面に行くんですが、その前に左五郎さんと直談判《じかだんぱん》しようと思うんです」

「豊蔵の兄弟分だな。おまえが腕を折った……」

「へえ、その左五郎さんがごねているから親分が黙っていないんです。まあ代貸の玄九郎さんも顔をつぶされた、とおれに怒ってはいますが、左五郎さんが折れてくれりゃ、親分も代貸も腹立ちを抑えてくれると思うんです」

「………」

「あっしは左五郎さんと話をしたいと思います。こんなことは申しにくいですが、介添《かいぞ》えをやってもらえませんか。迷惑なのは承知のうえですが、いまのあっしには頼める人間がいないんです」

金次郎は心底困り果てた顔で頭を下げる。

伝次郎は短く嘆息して、遠くを見た。

東の空は黄金色の朝焼けになっていた。

「いいだろう。これもお晴さんの引き合わせだ」

「申しわけありません」

金次郎は再度深く頭を下げた。

「それにしても、女房子供を連れ去るとは、卑劣《ひれつ》なことをしやがる。それに、お晴さんは病身じゃねえか」

伝次郎は立ちあがってから、左五郎の家はわかっているのかと聞いた。

「知ってます」

「それじゃ……」

伝次郎は口をつぐんで少し考えた。船頭のなりで行ったのでは恰好《かっこう》がつかない。

「おれの家に付き合ってくれ。着替えをしたい。こんななりで介添え人はできないだろう」

「まことに申しわけないことで……」

金次郎は平身低頭《へいしんていとう》だ。

そのまま伝次郎は家に帰り、着流しに着替え、それから貯めていた十両の金を懐《ふところ》に入れて、戸口そばの上がり框《かまち》で待っている金次郎をちらりと見た。

伝次郎の家は二間ある。戸口を入ると、台所まで土間がつづき、その脇に居間があり、奥が寝間になっていた。いつでも千草を受け入れようと広い家を借りたのだが、いっしょに住むのを先延ばしにしている。

着替えを終えた伝次郎は、愛刀・井上真改《いのうえしんかい》を手に取って、金次郎のそばにいった。

「金次郎、これを貸しておく」

第三章　鐘《かね》ヶ淵《ふち》

一

すでに日は昇り、竪川の水面で朝日がはじけていた。河岸道にも人の姿が増え、荷揚げ場で仕事を始めた人足たちの姿も見受けられた。

「それじゃ、お君はお晴さんの娘じゃないってことか……」

伝次郎がどこかおどおどと人を恐れるようにしているお君のことを口にすると、金次郎は自分の連れ子だといった。

「あれがまだ三つになる前に、あっしはお晴といっしょになりましたから、ほんとの母親のことは知らないんです。それはそれでいいんですが、生まれつきお君は気

ません」

舟の中に座っている金次郎は、後悔したようにうなだれて唇を噛む。

「何がいけなかったってんだ？」

伝次郎は棹をさばいて聞いた。

猪牙は竪川から北辻橋《きたつじばし》をくぐって、大横川《おおよこがわ》に入ったところだった。

「お君の前で子分に手をあげて折檻《せっかん》したり、怒鳴り散らしたり……わかっちゃいるんですが、どうにも気の短いところがありまして……。物心がつこうとしている娘の前で、そんなことしたのが仇《あだ》になってんだと思うんです」

伝次郎はなるほどと思った。

お君は一番敏感な年頃に恐怖を目の当《ま》たりにして、心が竦《すく》んでいるのだろう。それゆえに人を見るとき、強い警戒心をはたらかせるのだ。

「お君はまだ幼い。ゆっくり心の傷を癒《い》やしてやることだ」

「お晴にも同じようなことをいわれています」

そのまま金次郎が黙り込んだので、伝次郎はゆっくり舟を進め、北割下水を過ぎ

たところで、

「その辺でいいんだな」

といって、舟を川岸に寄せた。

河岸道に上がると、伝次郎は金次郎を案内に立たせた。しかし、金次郎は北割下水沿いの道を歩き、下水に架かる三つ目の石橋を過ぎたところで、

「このあたりなんですが、詳しい場所がわからねえんで聞いてきます」

といって、目についた米屋に駆け込んでいった。

だが、待つほどもなく金次郎は戻ってきて、また案内に立った。

左五郎の家はさっきの米屋から半町《ちょう》もないところにあった。西につづく路地を入った三軒目の家がそうだった。一軒家の小さな借家だった。

格子《こうし》門を入ると、数歩で玄関になった。金次郎が声をかける。

「ごめんなすって、ごめんなすって」

すぐに下駄音がして、戸口が開けられた。年寄りの女が立っていて、どちら様ですと問いながら、金次郎と伝次郎を交互に見た。

「あっしは金次郎と申します豊蔵親分の子分なんですが、左五郎さんはおいででし

ようか？」

金次郎が腰を低くしていうと、とたん女の目が険《けわ》しくなった。

「ちょいとお待ち」

女はそれだけをいって奥に下がった。

短いやり取りが聞こえたが、今度は年寄りの男が左の座敷にあらわれた。口をへの字に曲げて、剣呑な目つきで金次郎をにらみ、伝次郎をちらりと見た。右腕を晒《さらし》で吊っているので、左五郎だとわかった。

「おめえ幽霊じゃねえだろうな」

左五郎は座敷の上で仁王《におう》立ちになっていった。

「いえ、幽霊じゃございません。先日は左五郎さんのことをよく知りもせず、あんな真似をして申しわけありませんでした。これこの通りでございます。お腹立ちはわかりますが、なにとぞご容赦ご勘弁お願いできませんでしょうか」

金次郎はそういうなり、土下座をした。

「この野郎、どの面《つら》さげて……いまごろ勘弁してくれだと。ふざけるんじゃねえ。おれはおめえのせいで、利き腕が使えなくなっちまった。飯もろくに食えねえ、面

を洗うのにも不自由してる。たっぷり弁償してもらわなきゃならねえが、まさか豊蔵に断りもなくここに来たってんじゃねえだろうな」

「いえ、親分には断っておりません」

「なんだと」

左五郎はぐいっと両眉を吊りあげた。

家の中は暗いが、左五郎の顔面が紅潮するのがわかった。年寄りで片腕を折られているが、業平の豊蔵の兄弟分というだけあって、威勢は中途半端じゃない。

「左五郎さんへの詫びを、どうしなきゃならないかは、親分から聞いております。ですが……」

「おいおい、うるせえー！　勝手に人の家を訪ねてきて、いきなり土下座をして、許してくれだの詫びがどうだのって、いまさらどの面さげて来たって話にならねえだろう。あの晩の翌る日にでも、ちょいと手加減ができずに申しわけなかったといって頭を下げに来たなら、おれも考えねえことはなかったんだ。それが何日もたって、いきなり申しわけなかったじゃ、話にならねえだろう」

「へえ、すみません」

「それも手土産のひとつもさげてくるならまだしも、手ぶらできていきなりの土下座だ。渡世人《とせいにん》のくせに礼儀もわきまえちゃいねえってことだ」

「ちょいといいですか」

伝次郎が口を挟んだ。

とたん、左五郎が鬼の形相《ぎようそう》でにらんでくる。

「てめえは誰だ？　豊蔵一家の子分か？」

「いえ、わたしは金次郎の介添えで……」

「ふざけんな！　関わりのねえ野郎が横からごちゃごちゃ茶々入れんじゃねえ！　やい、金次郎。てめえ、ひとりでここに来るのが後ろめたいからこの野郎を連れてきたのか。それとも用心棒代わりに連れてきたのか」

「いえ、そんなつもりは……ただ、左五郎さん、これをお受け取りください。医者にかかった費《つい》えと償いの気持ちです。あっしもやり過ぎたのはわかっております。おっしゃるとおり、翌る日にでも心配して様子を見に来ればよかったんでしょうが、それはあっしの至らなさでございました。どうかお許しください」

「ふん、いくら持って来やがった」

「親分から二十両都合しろといわれていましたので、きっちり二十両あります」

左五郎は白髪《しらが》交じりの眉を大きく動かすと、土間に下りてきて、金次郎の差しだす金を奪うように取った。

「あっしは女房と娘を人質に取られております。左五郎さんのお許しがいただければ、二人を返してもらえるはずです。いまさらだとお思いでしょうが、どうかお許しいただけませんでしょうか。お願いでございます」

金次郎は額を土間にすりつけて頼み込む。

「帰りな」

左五郎は荒《あら》らげていた声を抑えて静かにいった。

「……えッ?」

「帰れっていってんだ。話は終わりだ」

「それじゃ許してもらえるんですね」

「そうじゃねえ。おれは帰れといってんだ。あとのことは豊蔵に話をしておく。さ、帰れ」

金次郎は恐る恐る立ちあがると、平身低頭したままゆっくり下がった。とっとと

帰れ、と左五郎が追い立てる。

金次郎は玄関の外に出ると、もう一度深々と辞儀《じぎ》をして、表に出た。背後でぴしゃんと、激しく戸の閉められる音がした。

「伝次郎さん、申しわけありませんでした」

「いや、おれは何も役に立たなかった」

「そんなことはありません。左五郎さんも同じ人間です。きっとわかってくださいますよ。これから親分にこのことを話しに行きます」

「待て」

「ヘッ……」

「左五郎は許したとはいわなかった。新たに難題を吹っかけてくるかもしれない。様子を見るんだ。半日ばかり待て」

「でもあっしは女房と娘を……」

「豊蔵を飛び越えて、左五郎と直談判したのはまずかったかもしれねえ。さっき、そのことに気づいたんだ」

伝次郎のその言葉に、金次郎はハッと顔をこわばらせた。

二

伝次郎は来たとき同様に金次郎を猪牙に乗せると、大横川から竪川に出て、林町河岸につけた。その間、二人とも黙したまま考えごとをしていた。

「遅かれ早かれ豊蔵から使いが来るはずだ。どうする？」

伝次郎は棹を持ったまま金次郎を見た。

「おれも浅はかでした。まずは親分に話をするべきでした。伝次郎さんがおっしゃるように、あっしは親分を飛び越えて左五郎さんに話をしちまった。くそっ、おれとしたことが……」

金次郎は悔しそうに自分の膝を拳《こぶし》でたたいた。

「おれも気づけばよかったが、まったくうっかりだった」

「左五郎さんがあっしのことを親分に話せば、親分が怒るのは目に見えています。考えてみるまでもなく、あっしと左五郎さんの間に親分が立って話を収めようとしていたんですからね。それなのに、なんて早まったことを……」

「金次郎、もう過ぎたことだ。考えるのはこれからのことだ。おれは業平の豊蔵がどんな人間か知らないが、誠を尽くして話せばどうだろうか……」

伝次郎はゆっくり櫓床に腰をおろして、金次郎を眺める。水面にはじかれた日の光が、うつむいた金次郎の顔を照らしていた。

「考えてみりゃ仲介に立った親分は、おれに都合しろといった二十両のうち五両、あるいは十両を仲介料で貰《もら》い受ける腹だったのかもしれません」

伝次郎はぴくっとこめかみの皮膚を動かした。豊蔵が金次郎のいうような男だったら、下衆《げす》だ。

「それはそれとして、やっぱり直に左五郎さんに会いに行ったのはまずかった。後の祭りとはこのことだ」

金次郎は独り言のようにいった。うめくような声だった。

「金次郎、おれも安易に話を受けすぎた。もう少し考えればよかった」

「伝次郎さんが悪いんじゃありません」

「どうする？」

金次郎は小さなため息をつき、一度空を見あげて、これから親分の家に行くとい

った。

「それがいいと思うんです。左五郎さんから話がある前に、あっしが先に会ったことを打ち明けたほうがいいと思うんです」

「ふむ」

「とにかくあっしは女房と娘を連れ戻さなきゃなりません。それに、お晴はまだ熱があります。ぶり返しでもしていたらと、そのことも心配です」

「……そうだな」

伝次郎はここは金次郎の判断に委ねるべきだろうと思った。

「これから行くのか？」

「へえ」

伝次郎は送って行こうかといったが、金次郎はこれ以上迷惑はかけられないといって、舟を降りて深く辞儀をした。

「おれは舟着場で待っている。戻って来たら知らせてくれるか」

「仕事はどうされるんです？」

「このままでは仕事に身が入らねえだろう。おれのことはいいから……」

さあ行ってこいというふうに、伝次郎は顎をしゃくった。

伝次郎はそのまま金次郎が三ツ目之橋《みつめのはし》をわたっていき、その姿が見えなくなるまで見送っていた。

(無事に帰ってくるんだ)

そう祈らずにはいられなかった。

舟を出して山城橋そばの舟着場に行き猪牙を舫ったが、岸にはあがらず煙草を喫んで金次郎のことを考えた。

やはり、自分の考えが浅すぎたと悔やんだ。金次郎は直接左五郎に会うなら、自分ではなく豊蔵を介添え役にすべきだったのだ。それが筋であろう。

しかし、金次郎の気持ちもわからなくはない。金次郎は豊蔵と約束した日限《ひぎ》りを破っている。それは金次郎が金を都合できなかったからだ。さらに、金次郎は女房子供を人質として攫われている。

冷静さをなくした金次郎は、直接左五郎に詫びを入れてうまく解決しようとしたが、それがまったくの裏目になっている。

豊蔵は怪我を負わせられた左五郎が兄弟分だといっても、金次郎は大事な子分だ。

二十両の金を工面させたのは、ある意味親心だったのかもしれない。

期限通りに金次郎が二十両の金を、豊蔵にわたせば、それでことはまるく収まったのだろう。ところがそうはならなかった。事態は悪いほうに傾いている。伝次郎はだんだんそんな気がして、心をざわつかせた。

「旦那……」

背後から声をかけられた。

河岸道を見あげると、音松がにこやかな顔で立っていた。ここでしたか、といって音松は足取り軽く雁木を下りてきた。

「文四郎が捕まりましたよ」

「いつだ？」

「昨夜です。長屋を見張っていた八兵衛と貫太郎《かんたろう》が、遅く帰ってきた文四郎を捕まえたんです」

八兵衛と貫太郎は、松田久蔵の小者である。

「さっきまで松田の旦那が番屋で調べていたんですが、大番屋に場所を替えてこれから詳しく調べるそうです。で、旦那、なんで今日はそんななりなんです？」

音松は着流し姿の伝次郎を見て首をかしげた。

「ちょいと野暮用があったんだ。それで、文四郎の仕業だったのか？」

「おそらく間違いないでしょう。なんだかんだといい逃れしてんですけど、はっきりいわないところがあるんです。まあ十中八九、文四郎が下手人でしょう」

「それじゃ、これで一件落着か」

「そういうことでしょう」

「千草は知っているのか？」

「これから伝えに行くところです」

「だったら早く教えてやれ。近所で起きた殺しなので、ずいぶん心配していたからな」

「へえ、それじゃ行ってきます」

音松はタッタッタと雁木を上ったが、途中で立ち止まって振り返った。

「旦那、今夜はうまい酒が飲めますね」

音松はにこやかな顔で酒を飲む仕草をして、今度こそ去っていった。

（そうか、捕まったか……）

伝次郎はもう一服して時間をつぶした。やはり、仕事をする気にはならなかった。

それから小半刻ほどして、伝次郎は舟を舫い、河岸道に上がった。そのまま竪川沿いの道に出て本所林町のほうに足を進める。

高く昇った日は、大きく南にまわり込んでいた。川岸に黄色い石蕗《つわぶき》が花を開いていれば、商家の軒先には菊の鉢植えが置かれていた。

本所林町三丁目に差しかかったとき、三ツ目之橋をわたってきた男がいた。金次郎だった。一度立ち止まって伝次郎に気づくと、足早に近づいてきた。

三

「それでどうするんだ……」

話を聞き終えた伝次郎は、静かに金次郎を眺めた。

二人は金次郎の家にいるのだった。

間が悪いと一言で片づけて笑うことができればいいが、金次郎の考えたことや行動はことごとく後手《ごて》にまわっていた。

金次郎が豊蔵に会いに行ったとき、すでに左五郎から直談判したことが伝わっていたのだ。豊蔵は筋違いなことをした金次郎を怒鳴りつけ、さらに二十両の金を都合するように命じた。それができなければ、女房子供はどうなるかわからないと脅されたのだった。

「金をこさえるしかありません」

「二十両だぞ」

そんな大金は容易に都合できるものではない。伝次郎も十両を貸しているので、余裕はまったくない。

「しかし、何とかするしかありません。いちゃもんつけられた挙げ句こんなことになるとは……悔やんでも悔やみきれないとはこのことです」

金次郎は大きなため息をついて、台所に立った。そのまま柄杓《ひしゃく》で水甕《みずがめ》の水をすくって喉に流し込んだ。

「お晴さんとお君ちゃんは、豊蔵の家にいるのか？」

「いえ、鐘ヶ淵の親分の別宅にいるそうです。会いに行こうと思ったんですが、その前に金を作るのが先だと思って帰ってきたんです」

「鐘ヶ淵……」

「金ができたら舟で来いといわれましてね。何でそんなことをと思ったんですが……」

「期限はいつだ？」

「明日です。明日の夕七つ（午後四時）までに金をこさえて、鐘ヶ淵まで行かなきゃなりません」

「明日……。そりゃあずいぶんだな」

「一度あっしは親分との約束を破っています。文句はいえません。それに、何日かかったって、できないものはできないだろうといわれまして……」

「金を作るあてはあるのか」

伝次郎はじっと金次郎を見つめる。

「……何とかするしかありません」

知り合って間もないが、その間に金次郎はげっそりやつれたように見えた。

「もし、金を借りられたとして、返すあてはあるのか？」

伝次郎の問いかけに、金次郎はずいぶん長く黙り込んだ。日が出たり翳ったりす

るたびに、腰高障子が明るくなったり暗くなったりした。

「借りたら返すしかありません。それから、あっしは女房子供を無事に連れ帰ったら、渡世人稼業から足を洗います」

「…………」

「こう見えても、あっしには料理の心得があるんです。それでいずれは料理屋を出そうと考えていました。これがいいきっかけです。あっしの生まれは中山道《なかせんどう》を下った大宮《おおみや》です。結構にぎわっている宿場でしてね。前々から、いずれはそこで料理屋を開いて暮らそうと考えていたんです。もっとも元手を考えなきゃなりませんが……」

金次郎はそこでくすっと笑いを漏らし、自嘲の笑みを浮かべて言葉をついだ。

「何でも金がいるんですね。それが浮き世ってもんでしょうか。身過ぎ世過ぎはやわじゃないってェのはわかっていますが……」

「鐘ケ淵には舟で行くといったな」

「へえ、そうしろといわれましたんで……」

「なら、おれが乗せていこう。明日、八つ半（午後三時）頃、山城橋の舟着場で待

ってる」

「お願いできれば、ありがたいです」

金次郎はそういって頭を下げた。再び頭をあげたとき、その目にある決意があるのを伝次郎は見逃さなかった。

(こやつ、死ぬ気だな)

金次郎の長屋を出た伝次郎は、河岸道に出て一度立ち止まった。

それから小さく息を吐き出して、東に向かい、三ツ目之橋をわたると、そのまま大横川沿いに北へ向かった。

業平の豊蔵がどんな男なのか調べておこうと思ったのだ。少なくとも顔だけでもたしかめておきたかった。

大横川沿いの道を歩きながら、金次郎とお晴、そして娘・お君の顔を思い浮かべた。なぜおれはこんなことをしているのだろうか、と伝次郎は思わずにはいられない。

さほど親しくもない間柄なのに、放っておけなくなっている。病気になっているお晴を知っているせいかもしれない。幼いお君が不憫なのかもしれない。そして、

その二人を救おうと必死になっていながら、困窮《こんきゅう》している金次郎を知っているからか。

からまれたとはいえ、金次郎はやり過ぎた。そういって突き放したり、知っていながらそのツケがいまの結果になっている。手を貸す義理など何もないのだ。

しかし、ここで見捨てれば、行き倒れて死にそうになっている人を見て、素知らぬ顔をして通り過ぎるのと同じだ。そんなことは、伝次郎にはできない。

業平橋そばの町屋で豊蔵のことを聞くと、すぐに屋敷がわかった。

家は延命寺に近い中之郷八軒町にあった。屋敷自体はさほど広くないが、建仁寺垣《じがき》をめぐらしてあり、門も両開きの竹門だった。

勝手口もあるのだろうが、そちらは人ひとりが通れるような細い路地が走っているだけだった。人の出入りは表門だけだとわかったので、伝次郎は近くの茶店で見張り、そこで飽きると、すぐそばの菓子屋の軒先に腰を据えて、豊蔵があらわれるのを待った。

三下と思われる子分の出入りは何度かあったが、親分らしい男の姿を見ることは

なかった。早くも日は大きく西にまわり込み、傾いた日射しが町を包みはじめていた。

豊蔵の家の垣根からのぞく楓が見事な緋色《ひいろ》になっていた。それが、背後の青い松に映えていて、通りすがりの人の目を惹《ひ》いていた。

それは夕七つ（午後四時）の鐘を聞いて間もなくのことだった。五、六人の若い衆が豊蔵の家から出てくると、すぐそのあとから恰幅《かっぷく》のよい男と、初老の男が出てきた。そのあとにも四人の若い衆がしたがっていた。

「親爺、あれは誰だ？」

そばを通りかかった菓子屋の親爺に声をかけると、

「……あれは豊蔵親分ですよ」

といった。

「三下はわかるが、どっちだ？」

「背の低い白髪が親分です。立派な体つきをなさってるのは代貸の何とかって人です。お侍、あまり関わらないほうがいいですよ」

菓子屋の親爺は親切なことをいう。

「ああ、わかってる」

豊蔵らは業平橋のほうに歩いていった。伝次郎は菓子屋に代金を置いて、相手に気取《けど》られないようにさりげなく、業平橋に向かった。

すると、豊蔵らは前もって仕立てていたらしい三艘《そう》の猪牙舟に分乗して、大川のほうに向かった。伝次郎は岸辺に立ったまま、三艘の猪牙舟を見送ってきびすを返した。

四

その夜、伝次郎は久しぶりに船宿「川政《かわまさ》」の主・政五郎《まさごろう》に会った。

伝次郎が本所深川で一番信用している男といっても過言ではないが、政五郎も伝次郎を殊《こと》の外《ほか》気に入っているから、川政を訪ねるなり、政五郎は奥の間からすっ飛ぶようにして来て、

「何だ、しばらくじゃねえか。この頃顔を見ねえんで、どうしてるのかと思っていた矢先だ。だが、元気そうで何よりだ」

さあ、あがんな、と伝次郎は促されたが、

「ちょいと一杯やりに行きませんか」

と、誘った。

「じゃあそうしよう」

気安く応じる政五郎は、高橋《たかばし》からほどないところにある小料理屋に案内した。自分の船宿から目と鼻の先だ。

小上がりに腰を据えて、他愛もない世間話をしながら盃を傾けた。政五郎は始終にこやかだった。貫禄のある体つきもそうだが、顔にも度量の大きさがあらわれている。頼れる男なので、雇われている船頭らは川政から離れようとしない。

政五郎に会ったのは、伝次郎が船頭の師匠だった嘉兵衛《かへえ》の弟子になってしばらくした頃だった。短いやり取りをしただけだったが、

(骨のある男に会ったのは久しぶりだ)

というのが、伝次郎が政五郎に感じた第一印象だった。そしてそれは、いまでも変わることがない。

「ところで、業平の豊蔵という親分を知ってますか?」

世間話が落ち着いたところで、伝次郎は何気なく聞いた。

「知ってるが、何かあったか？」

政五郎の顔からすうっと笑みが消えた。

「今日向こうで客を拾っていたら、そんな名を聞いたんです。何も知らないより知っていたほうがいいと思いましてね」

「船頭はあちこちで客を拾う商売だから、気になるのはわかる。だが、おれもよくは知らないんだ。業平に出てきてまだ日が浅いようだし、元は板橋の何とかって親分の下にいたというのは聞いてるが、あんまり褒《ほ》められるような人間じゃないようだ。もっとも褒められるやくざなんかいやしねえが」

政五郎は苦笑して、さありな、といって伝次郎に酌をした。

伝次郎はもっと話を聞きたかったが、政五郎は敏感だからへたに突っ込んで聞くことはできない。

政五郎は自分の雇っている船頭らのことを短く話し、今年の夏は屋形船《やかたぶね》に手を出したが、思った売り上げにならず失敗だったと首を振った。

「屋形船は柳橋組にまかせておきゃいいっていうのがよくわかった」

柳橋組というのは、柳橋界隈《かいわい》の船宿のことだった。同組には、猪牙や山谷舟《さんやぶね》などはもちろんのこと、遊覧用の大型船である屋形船や屋根舟を多数持っている船宿があった。そっちに手を出しても、柳橋組が年季の入った商売をしているので敵《かな》わないというのだ。

「慣れないことをはじめるときにゃ、それなりの備えがいるってことでしょう」

「まったくそのとおりだ」

政五郎はうまそうに酒を飲んだが、伝次郎はそろそろ引きあげようといった。

「何だ、久しぶりなんだ。もう少しいいじゃねえか」

政五郎は引き止めたが、伝次郎は明日の朝早く迎えに行かなければならない客がいる、と体《てい》よく断った。

勘定をしようとしたが、政五郎が今夜はおれが持つといって、奢《おご》ってくれた。

先に表に出た伝次郎は、ついにいいだせなかったか、と内心でつぶやいた。しかし、いざとなれば、政五郎は都合してくれるはずだ。金のことを口にしなかったのは、かえってよかったと伝次郎は納得した。

遅れて出てきた政五郎に礼をいって別れた伝次郎は、今度は別の店に行くために

足を急がせた。

本所林町の家に戻ってきた金次郎は、灯りもつけずに座っていた。闇に慣れた目で、手許のぐい呑みをつかみ口に運んだ。ぐい呑みには安酒が入っていた。

ふっと、息を吐き、また闇の中に目を注ぐ。

どこかの家で痴話《ちわ》喧嘩をしているようだ。そんな声が聞こえてきた。隣の住人が「うるせー！　静かにしろ！」と、怒鳴った。

金次郎は着物の上から腹のあたりをつかんだ。十両の金包みが入っていた。

（あと、十両……）

胸中でつぶやくが、尽くせるだけのことはした。十両都合するのが精いっぱいだった。もう頼める人間はいない。十両で明日を迎えるしかない。

（相談に乗ってくれるだろうか……）

金次郎は豊蔵の顔を思い浮かべる。鋭く吊り上がった狐目《きつねめ》。うすくて横に長い唇。

だめだろう、と金次郎はため息をつく。

豊蔵は一旦こうと決めたことは守る男だ。金次郎はあと二十両作れといわれた。何がなんでも二十両都合しなければならない。

しかし、手を尽くしたが二十両はできなかった。残りの半金を待ってくれと頼んでも無駄なことはわかっている。

それに、豊蔵にいわれたことが、いまも脳裏にこびりついている。

——左五郎に金をわたせば、それですむと思ったんだろうが、考えが甘かったな。左五郎はそのことで余計にへそを曲げやがった。おれもずいぶん宥《なだ》めたが、やつの怒りがぶり返してんだ。今度金ができなきゃ、おめえを殺せといいやがる。兄弟も困ったことをいいやがる。

あのときの豊蔵の目は異様だった。場合によってはその覚悟をしておけといっているように、金次郎には受け取れたのだ。

それに舟で鐘ヶ淵へ来いといわれたことが気にかかる。わざわざ舟でなくてもいいはずだ。むろん、舟のほうが楽ではあるが……。

まさか舟で待ち伏せして、そこでケリをつけるつもりなのか。

（そうかもしれねえ）

金次郎はギリッと奥歯を嚙《か》み、つかんでいるぐい吞みも割れんばかりに手に力を込めた。

できることなら逃げたいが、お晴とお君が人質に取られているので、それはできない。それにお晴は熱がある。よくなっていればいいが、朝夕の冷え込みは厳しくなっている。そのことも心配だった。

「ちくしょ……」

金次郎は短く声を漏らした。

五

伝次郎は仕事に身が入らなかった。

だからといって休んだわけではない。いつものように猪牙を出し、客を拾い、そして指示された場所に送り届けた。

その日はどういうわけか、神田川沿いの河岸場と深川を行き来することが多かった。昼餉《ひるげ》は久しぶりに千草の弁当だった。

千草は体に余裕があると、朝早く起きて伝次郎のために弁当を作る。そんな日の朝は、伝次郎は六間堀を下り、猿子橋《さるこばし》のそばで千草を待つ。ときどき、千草のほうが早いときもある。

その朝もそうだった。河岸道から声をかけてきた千草は、いつもより冷え込みが強くなったといってぶるっと肩をふるわせた。吐く息も白くなっていた。

弁当を受け取りながら千草と短く言葉を交わした、その朝の情景が伝次郎の脳裏に甦《よみがえ》った。

――いつもすまねえな。

――ううん、わたし、こうするのがちょっと楽しいの。

千草はそういって小さく微笑むと、今日も気をつけて頑張ってくださいといってくれた。

伝次郎は玉子焼きをつまんで、おまえの弁当はどこの飯よりうまい、と千草に感謝しながら箸《はし》を動かす。

浅草橋《あさくさばし》のそばで客を降ろした伝次郎は、大川端まで戻り、途中にある棒杭に舟を舫って弁当を食べているのだった。

川端の土手には銀色に輝くすすきが、さわさわと風に揺れている。朝は肌寒かったが、日が昇ったいまはさほどでもなかった。

岸辺には流れの遅い溜まりがあり、鴨《かも》の親子が泳いでいた。岸辺にある枯れ木に止まっているアオゲラが、何かを考えているのか、それとも餌《えさ》を探しているのかわからないが、さっきからじっと動かないでいた。

弁当を食べ終えると、水筒の水を飲んで、煙管に火をつけ、対岸の町屋に目を向ける。どこといって変わらない穏やかな町が、そこにある。右下にある御船蔵《おふなぐら》も冬の日射しを受けて、いつもどおり変わることがない。

変わるのは川の流れと、そのときどきで色を変える川の色だろう。

しかし、一見平穏に見える町には、有象無象《うぞうむぞう》の人間が住み、憎みあったり騙《だま》しあったりしている。いやな人間世界がそこにある。

（仕事を切りあげるか……）

伝次郎は煙管を舟縁《ふなべり》に打ちつけて灰を落とすと、棹をつかんだ。仕度しなければならないことがあった。それを早めにやろうと思ったのだ。

舟を出すとそのまま大川を横切り、竪川に入って山城橋の袂に舟を舫い、そのま

ま家に戻った。昨夜作っておいた竹筒を束にして荒縄で結び、戸口に置くと、奥の間に置いていたこれも手製の弓と矢も戸口に移した。その他にもちょっとした持ち物があり、それも戸口に運んだ。

さらに愛刀をつかみ、鯉口《こいぐち》を切って、すっと鞘から抜いた。入念な手入れをしているので、刃紋が家の中でもキラキラッと光った。

刀を鞘に納めると、一度正座をして気を静めるために黙想《もくそう》した。

井戸端で誰かが水を使っている音がすれば、表口から歩いてくる人の足音もした。しかし、精神を統一していくうちに周囲の雑音が消えて、無の境地になった。

それは、長い時間ではなかった。十回ほど呼吸をした程度だろう。

勝手に勇み足めいたことをしているのではないか、という迷いがあったが、伝次郎はこれは備えだ、という考えに切り換えた。

黙想を終えて目を開けると、それから時間の過ぎるのを静かに待った。

日がゆっくり西にまわり込んでいるのが、戸障子から漏れ射す光の条《すじ》でわかった。

一度厠に立ったとき、喜八郎《きはちろう》という隠居老人に「おや、今日は休みかい」と声をかけられた。

今日は野暮用があるので早仕舞《はやじま》いをしたんだというと、喜八郎はもう冬はそこだね、昼間はいいけど、朝晩は年寄りの体に応えると愚痴《ぐち》を聞かされた。

伝次郎が長屋を出たのは、八つ（午後二時）の鐘音が江戸の空をわたったあとだった。両脇に荷物を抱え、それを猪牙に運び入れた。

猪牙の前後には隠し戸がある。舟を造ってくれた船大工・小平次《こへいじ》の機転だった。ちょっとした小物だけでなく、刀や少し大きめの風呂敷包みも入れられるようになっていた。運んできた荷物は、すべてその隠し戸の中にしまった。

家を出る際、着流しに着替えようかと思ったが、すぐにその思いつきを捨てた。いつものように腹掛けに股引《ももひき》、膝切りの着物を端折《はしょ》り、印半纏を引っかけた。

櫓床に腰をおろして、煙草を喫んだ。西にまわり込んでいる日が雲に遮られ、あたりがゆっくり翳った。

「船頭さん、あいてるかい」

河岸道からひとりの行商人が声をかけてきた。

「申しわけありやせん。先客がありまして、待っているとこなんです」

答えると、行商人は残念そうな顔で、荷物を背負いなおして竪川のほうに歩き去

った。

それからしばらくして、背後の雁木を下りてくる人の気配があった。振り返ると金次郎だった。お手数をおかけしますと丁寧に挨拶をするが、その目には昨日見られなかったかたさがあった。

「少し、早いが行くか」

伝次郎は棹を手にして立ちあがった。へいと応じた金次郎は、伝次郎に背中を向けて舟の中ほどに座った。

伝次郎はゆっくり猪牙を滑らせ、竪川から大川に出ると、櫓を使って猪牙を遡《そ》上《じょう》させた。引き潮になっているらしく川の流れが早い。大川の河口は海に影響されるので、そういうことが日に何度かある。

下りの舟は飛ぶように下っていくが、上りの舟は岸辺に沿って悶《もだ》えるようなのろさで遡上する。

「金次郎、鐘ヶ淵の豊蔵の別宅は知っているんだな」

大橋をくぐり抜けたところで、伝次郎は声をかけた。

「そりゃもちろん」

「女房子供がその家のどこにいるか、見当はつくか？」

「だいたいわかります。……なんで、そんなことを？」

金次郎がまぶしそうに見てきた。

「豊蔵はおまえを無事に帰さないつもりではないか？　おまえが約束の金をわたしたとしてもだ」

「……………」

「左五郎という年寄りは、癖の悪い人間だ。おれにはそう思えてしかたないし、性根《しょうね》が腐っているような気がする。できた人間なら、おまえに絡みもしなかっただろうし、もしそれが酒の上だけのことなら、おまえから詫びの金を受け取ったときに、自分の落ち度を認めたはずだ。おまえが豊蔵に義理を欠く、筋違いなことをしたことにも口添えをしてくれるだろう。ところが、そうはならなかった。おまえは新たに金を吹っかけられた。おまけに女房子供を取られている。まっとうな人間のすることじゃない」

「……………」

「まあ、左五郎は片腕を折られているので、よほど腹に据えかねてるのだろうが、

おれは親分の豊蔵の器量も疑っている」

金次郎は片眉をヒクッと動かした。伝次郎は櫓を漕ぎつづける。舟が水を切る音と、櫓の軋む音がする。

「おまえは豊蔵の可愛い子分だ。左五郎が兄弟分だとはいえ、少しはおまえの肩を持って〝親〟らしくうまく仲裁《ちゆうさい》すべきだろう。義理と人情を大事にする渡世人なら、そうするのが一家の親分というもんだ」

「伝次郎さん、おっしゃることはわかりますが、なぜそんなことを……」

「おまえは足を洗って、料理屋をやりたいといったな」

「へえ」

「今日片をつけたら、すぐ江戸を離れて大宮に帰るんだ。いまの家にも帰らないほうがいいだろう」

「それは考えています。話をすませて、女房と子供を連れ帰るのはいまの長屋じゃありません。一家の連中も知らないところです」

伝次郎は眉宇《びう》をひそめて金次郎を見た。

「金は作ったのか？」

金次郎はいいえと首を横に振って、十両だけですといった。

「十両で話をする気か？　それでまるく収まるとは思っていないだろう」

金次郎はかたい表情のまま黙っていた。

「命を捨てる気だな」

金次郎の目が見開かれるように、くわっと動いた。

「おまえを向島《むこうじま》の墨堤《ぼくてい》で降ろす」

「どういうことです？」

金次郎は腰を浮かした。

「おまえはそのまま豊蔵の別宅に急げ。おそらく、一家の連中はおまえが乗ったこの舟を待ち伏せしているはずだ。一家総出でかかってくるつもりかもしれねえ。その間、豊蔵の別宅は留守になるはずだ。何人か見張りがいるかもしれないが、それはおまえでどうにかなるはずだ。女房子供を救い出したら、おまえのいう家に連れ帰るんだ」

「伝次郎さん、いったい何をいいだすんです」

「おれの推量があたるかどうかわからねえが、豊蔵一家が待ち伏せをしているなら、

おれがひと暴れして刻を稼ぐ。その間におまえは女房子供を救い出すんだ」

「待ち伏せなんかしていなかったらどうするんです」

「おれが一家に乗り込んで、やはりひと暴れする。ところで、その家は川から離れているか、それとも近くか？」

「綾瀬川《あやせがわ》のすぐそばです。五間《けん》も離れちゃいません」

「なら、やりやすい」

「伝次郎さん」

「いいからおれのいうとおりにしろ」

そういった伝次郎は、櫓を漕ぐことに専念した。

六

「おれの腕が元通りになりゃいいが、医者はそうはならねえといいやがった。つまりは、おれはこれから片腕しか使えねえってことだ。兄弟、それがどういうことだかわかるか。え……」

左五郎は隣に立っている豊蔵に、折られた腕を見せるようにあげた。その腕は晒で吊ってあった。

「左五郎、辛《つれ》ェだろうが、おめえにも落ち度はあったんだ。それに、やつは金を都合してきた。おれの顔をつぶしたやり方はどうにも我慢ならねえが、まあやつが金を工面してくりゃあ溜飲《りゅういん》を下げてもいい」

「冗談じゃねえぜ。おめえは顔をつぶされたというが、腕を折られたんじゃねえ。おれは大事な腕を台無しにされてんだ。詫びの金だけで黙って引き下がってられるかってんだ」

「叔父貴、それじゃこうしたらどうです」

口を挟んだのは代貸の玄九郎だった。

堂々とした体は、貧相な体つきの左五郎を圧倒する迫力がある。それに左頬にある二寸（約六センチメートル）ほどの古い刃物傷は、他人を威嚇《いかく》する凄《すご》みがあった。

「どうしろってんだ」

左五郎は傲岸不遜《ごうがんふそん》な顔を玄九郎に向ける。左五郎からすれば、玄九郎は若い衆なので恐れはしないのだ。

三人は綾瀬川の岸辺にある、大きな松の木の下に立っているのだった。足許の岸辺には二艘の猪牙が控えていた。舟にはそれぞれ五人の男たちが乗り込んでいる。さらに、対岸の葭《よし》の茂みにも同じように猪牙がひそんでいるのだった。

ゆっくりと穏やかに流れる綾瀬川は傾いた日の光を受けて、きらきらと輝きを放っていた。下流のほうに大きく蛇行して流れる隅田川《すみだがわ》が見える。

「金次郎が約束どおり金を拵えてきたら、叔父貴がやつの腕を折るんです。それでケリをつけたらどうです」

「やつの腕を……」

左五郎は舌舐めずりするような顔になって視線を泳がした。

「おもしろい。それでいいだろう。だが、金をこさえてこなかったら……」

「兄弟、そのときはおれが話をつけるといってんだろう」

豊蔵が遮って言葉をついだ。

「やつは一度おれの顔に泥を塗ってんだ。その前には約束の日限りを破りやがった。今度が三度目の正直だ。子分に舐められちゃ一家の親分も終わりだろう。ここはおれにまかせておけ」

「ああ、いいだろう」

左五郎は納得いかない顔をしていたが、おとなしく引き下がった。

西の空に浮かぶ雲が茜《あかね》色に染まりはじめていた。それでも雲の向こうはまだ明るい青い空だ。

対岸に繁茂する葭の藪《やぶ》からいっせいに飛び立った鳥たちがいた。鴫《しぎ》の群れだった。

「親分」

声をかけてきたのは、すぐそばの猪牙に乗っている子分だった。一方を指さしている。

豊蔵がそっちを見ると、一艘の猪牙が隅田川から綾瀬川に入ってくるところだった。櫓を漕ぐ船頭の舟には、ひとりの男が乗っていた。逆光のうえ遠いので黒い影にしか見えないが、おそらく金次郎にちがいなかった。

「来たぜ」

豊蔵はそうつぶやくと、猪牙に乗っている子分らに「行け」と、顎をしゃくった。

隅田川から綾瀬川に入った伝次郎は、菅笠《すげがさ》を目深《まぶか》に被《かぶ》りなおし、気を引き締めた。

櫓から棹に替えて、綾瀬川の上流に目を注ぐ。

時の鐘が四つを知らせたのは、ついいましがたのことだった。

豊蔵の別宅は大きな銀杏の木が目印だ、と金次郎がいった。西日を受けながら見事に黄葉《こうよう》している銀杏の木が、川の右手に見えた。

（あれか……）

伝次郎がそう思ったとき、二艘の猪牙が右手の川岸からあらわれた。

綾瀬川はほぼ平坦な土地を流れてくるので、急ではない。下ってくる猪牙もその流れに合わせたようにゆっくりしていた。

その距離が徐々に詰まってくる。伝次郎は万が一に備えて、菅笠の紐をきつく結びなおした。顔は手拭いで頬被りしてわからないようにしている。

そして舟の中には、竹を利用して作った人型の人形があった。遠目には舟客に見えるはずだった。

しばらくしたとき、今度は川の左手から猪牙があらわれた。葭の藪に隠れていたらしく、まったく気づかなかった。こちらは三艘で急ぐように下ってくる。上流の右から下ってくる猪牙にも、葭の藪からあらわれた猪牙にもそれぞれ五人が乗って

いた。

ひとりが船頭役で、他の者たちは舟縁にしがみついているが、あきらかにこの舟に用があるとわかった。

その差がぐんぐん近くなり、男たちの顔がぼんやりわかるようになった。一艘一艘の猪牙が、男たちと同じように気色《けしき》ばんでいるように感じられた。

伝次郎は臍下《せいか》に力を入れた。棹をゆっくり返して、右舷《うげん》から左舷《さげん》に移す。棹先から落ちるしずくが夕日をはじいた。

「金次郎だな」

左から寄ってきた猪牙から声がかかった。その距離は三十間を切っていた。伝次郎は棹を使って、人型の人形を舟の中に倒した。

相手には金次郎がうつぶせに隠れたように見えたはずだ。

「やい、金次郎。返事をしねえか」

声をかけてくるのはさっきの男だ。その男の乗っている猪牙が近づいてくる。他の舟は伝次郎の猪牙を取り囲むように動いた。

「金次郎はいねえ」

そう答えた伝次郎は菅笠の陰から、まわりの猪牙舟を見まわした。すでに囲まれていた。舟に乗っている豊蔵の子分らは、それぞれに長脇差《ながどす》や槍を持っていた。

「いねえとはどういうことだ？　てめえは誰だ？」

「おれはただの雇われ船頭」

「ふざけたこというんじゃねえ。船頭なんかには用はねえ。やい金次郎、顔をあげねえか。金はできたんだろうな」

「金はないさ」

伝次郎が答える。

「なにィ……」

男は背後の猪牙を振り返って、声を張りあげた。

「兄貴、金は拵えてねえっていってますが……」

「ふざけたことを……。しかたねえ、金次郎をふん捕《づか》まえるんだ！」

兄貴と呼ばれた男が、しわがれ声で喚《わめ》くと、伝次郎の猪牙を囲んでいた舟がいっせいに動きはじめた。

七

伝次郎は棹を舟の中に入れると、人型を作っていた竹筒をつかんだ。それに種火を使って火をつける。シュッと短い音がして、白い煙が吹き出した。

それを一艘の舟に向けると、筒先から白い煙の帯が弧を描いて走った。

「うわッ、何だ！」

豊蔵の子分らが慌てた。

伝次郎は残りの竹筒につぎつぎと点火して、別の猪牙に煙玉を発射した。

昨夜、横山町《よこやまちょう》の花火屋・鍵《かぎ》屋を訪ね、火薬を仕入れてきたのだった。主・弥《や》兵《へ》衛《え》のことは同心時代からよく知っているので、こっそり分けてくれた。

しかし、人に致命傷を与えるほどの火薬量ではなく、これは煙幕だった。それでも豊蔵の子分たちは大いに慌てていた。

煙玉をつぎつぎと放った伝次郎は、昨日作った手製の弓を手にした。舟の揺れを押さえるために、片膝をついて矢をつがえると白い煙で視界をなくし慌てている男

たちに狙いを定め、つぎつぎと矢を放った。

この矢も致命傷には至らないものだった。それでも肉に突き刺されば、戦闘意欲を十分に削《そ》ぐことができる。

伝次郎の狙いは敵の数を極力減らすことだったし、この騒ぎに乗じて金次郎がお晴とお君を救い出す時間を稼ぐことだった。

白煙は風に流され次第にうすくなってきた。

伝次郎はつぎつぎと矢を放つ。悲鳴をあげながら川に落ちる男たちがいる。それを助けようとする男も、川に引きずり落とされているし、刀を振りまわしながら、

「何やってやがる、あの舟に寄せろ！　もっと近づけるんだ！」

喚き散らしているのは、さっき兄貴と呼ばれた男だった。怒鳴られる子分が必死に棹を操って、伝次郎の舟に接近してくる。

「野郎、ただじゃおかねえ！」

兄貴と呼ばれた男は眦《まなじり》を吊りあげ、鬼の形相だ。草鞋《わらじ》のように大きな口をしていた。

伝次郎は矢がなくなると、周囲の舟から離れるために棹を手にして、上流を目ざ

した。しかし、まわりにいる五艘の猪牙の動きが予想外に早かった。

どうやら棹を操る男は舟の扱いに慣れているようだ。豊蔵が本宅から離れた鐘ヶ淵に別宅を設けているのは、そのためかもしれない。

どんと、一艘の猪牙が伝次郎の舟の舳先《へさき》にぶつかってきた。体当たりの恰好だ。舟は大きく揺れたが、伝次郎は器用に棹を使って、舟を立てなおした。

その刹那、一艘の舟が横付けするように接近してきた。

「野郎、船頭の分際で！」

いきなり男が刀を振りまわしてきた。伝次郎は腰を落としてかわし、相手の舟から離れようと棹を持ちなおした。

「やッ！　金次郎はいねえぞ！」

ひとりの男が伝次郎の舟の中を見て驚きの声をあげた。

「かまうこたねえ。その船頭をやっちまうんだ」

怒りの声をあげるのは、兄貴と呼ばれた大口の男だった。

それと同時に槍を繰り出してきたものがいた。伝次郎は危うく腕を突かれそうになったが、肩先をかすめただけだった。

しかし、槍は矢継ぎ早に送り込まれてくる。

伝次郎はたまらず、つかんでいた棹を半分に分けるようにして抜いた。一方には槍と同じ刃がついている仕込棹《しこみざお》だ。

その仕込棹を抜くなり、送り込まれてきた槍の柄を真っ二つに両断し、そのままの勢いで相手の太股を斬りあげた。

「ぎゃあー」

悲鳴を発した男はドボンと川に落ちた。

伝次郎に休んでいる暇はなかった。

大口男が刀を振りまわして斬りかかってきたのだ。伝次郎は身を低くしてかわすと、仕込棹を横薙《な》ぎに振って、大口男の脇腹を斬った。

「うッ……」

大口男は信じられないように目を見開き、斬られた脇腹を見た。血が噴き出て着物を赤く染めていたが、傷は浅いはずだった。

伝次郎は櫓を使って猪牙を遡上させた。ところが川に落ちた男が、伝次郎の舟にしがみついて乗り込んでこようとする。伝次郎は櫓を漕ぐのを中断し、仕込棹の一

方でしたたかに顔面を撃ちたたいてやった。悲鳴を発して男は川に流されていった。

それで安心ではなかった。先にまわり込んでいた一艘の猪牙があったのだ。まわりには川中で溺《おぼ》れそうになっているものがいたり、岸に必死に泳いでいるものがいたり、また助けを求める男を舟に引きあげるものがいたりと、周辺は大騒ぎである。

しかし、先回りしていた舟に乗っている男たちは、まわりのことなど一顧《いっこ》だにせずぐんぐん舟を寄せてくる。舟を操っている船頭役の他に三人が乗っているが、それぞれに刀を持っていた。

ひとりがもっと近づけるんだ、と命じると、相手の猪牙がすり寄るように接近してきた。同時に男がひらりと宙を舞い、伝次郎の猪牙に飛び移ってきた。

伝次郎は素早く動いた。足許に置いていた仕込棹をつかむなり、突きを送り込んだのだ。だが、仕込棹が横に打ち払われ、刃のついた切っ先が日の光を照り返しながら、川に落ちた。

男は飛びかかるように撃ち込んできた。伝次郎は半身を捻って舳先のほうに移動しながら、舟底に置いていた愛刀・井上真改をつかんだ。

相手は振り返り様に大上段から撃ち込んできた。伝次郎はその撃ち込みをかわし

ながら、抜き様の一刀で斬り倒した。まさに一閃《いっせん》の業《わざ》だった。

相手は斬られた勢いで川に落ちた。

「この野郎、ただの船頭じゃねえな」

舟に残っていた男が吊りあげた目をみはっていた。そして、もうひとりといっしょに伝次郎の舟に飛び移ってきた。

ひとりがすぐさま斬り込んできた。小柄な男で敏捷《びんしょう》だった。だが、伝次郎は少しも慌てず、その男の刀をすり落とすなり、返す刀で片腕を斬り落としてやった。

「ぎゃあ！」

男の悲鳴が空に広がれば、切断された腕が血の条を引きながら川に落ちた。男もいっしょに川に落ちて、悲鳴をあげつづけた。

乗り込んできた男が腰を落として、間合いを詰めてきた。

「てめえ、よくも……」

やたら太くて濃い眉をした男で、歯を剥《む》きだしにして近づいてくる。

やっ、とかけ声を発して撃ちかかってきたが、まったく伝次郎の相手ではなかった。刀を持った腕をからめるようにつかみ取ると、顔面に柄頭《つかがしら》をたたき込んでや

った。

男は声もあげず、そのまま川に落ちた。船頭役の若い衆が慌てて、その二人を助けにかかっていた。

伝次郎は再び櫓を漕ぎはじめた。もう追ってくる猪牙はなかった。

八

近づけば近づくほど、それは立派な銀杏の木だった。その銀杏の周辺だけでなく、伝次郎が猪牙をつけた岸辺にも黄葉した落ち葉が散っていた。

息を切らしながら舟を舫い、後方の川の様子を窺《うかが》った。五艘の猪牙舟はまだ騒ぎの最中で、傷ついたものや溺れかけている仲間を引きあげるのに必死の様子だ。当分、こっちには来ないだろう。だが、悠長《ゆうちょう》に構えている場合ではなかった。

金次郎が首尾よくお晴とお君を救い出したかどうか、それをたしかめなければならない。刀をつかんで舟を降りると、土手を上った。銀杏の木の向こうに一軒の家があった。その辺の百姓家《ひゃくしょうや》とは趣《おもむき》がちがうので、おそらく豊蔵の別宅だろう。

「船頭、きさま何もんだ？」

突然の声に、伝次郎は大いに驚いた。

立ち止まると、銀杏の大木の陰から、恰幅のいい男が出てきた。

玄九郎という代貸だった。さらに、その後ろの木の陰から二人の男が姿をあらわした。業平の豊蔵と左五郎だった。

伝次郎は眉を動かして、玄九郎に正対した。

豊蔵と左五郎がそばにやってくる。

「てめえ、ただの船頭じゃねえな。顔を見せろ。どこの何もんだ」

玄九郎が刀の鯉口を切って間合いを詰めてくる。左頬にある古傷がひくりと動いた。

「名乗るほどのもんじゃねえさ」

「さては金次郎に頼まれた助っ人か？」

「頼まれちゃいないさ」

伝次郎がそう応じた瞬間、玄九郎が刀を鞘走《さやばし》らせて斬り込んできた。伝次郎は半歩下がってかわし、相手の体勢が整う前に刀を抜いた。

「こしゃくな野郎だ」

玄九郎は吐き捨てると、青眼《せいがん》から右八相《みぎはっそう》に構えなおして間合いを詰めてくる。剣術の心得があるようだが、伝次郎から見れば隙だらけだった。だが、死を恐れず戦うという気力をみなぎらせている。

恐怖心を持たない人間ほど怖いものはいない。伝次郎は町奉行所の同心時代にそんな人間を何人も見ている。怪我や血を流すことはもちろん、死さえ恐れないから怖《お》じけるということを知らない。

案の定、玄九郎は無謀に撃ちかかってきた。堂々とした体つきだから、かなりの迫力であるし、刀には勢いがあった。伝次郎は受けるのを避け、足をさばいてかわした。

ずばッ。

なんと、菅笠の庇《ひさし》が切られ、その勢いで脱げてしまった。

頬被りしているので、顔は曝《さら》していないが、それでも玄九郎の我流剣法を侮《あなど》ってはならないと思った。

玄九郎は休まずに斬りかかってくる。その刀をすり落としたり、撥《は》ねあげたりす

れば、おそらく自分の刀が折れるだろう。

伝次郎はその愚を避けるために、足を使って玄九郎の攻撃をかわし、

「この野郎ッ」

と、玄九郎が吐き捨てた瞬間、懐に飛び込み、刀を横にしたまま駆け抜けた。肉をたたき、そして肉に食い込むたしかな手応えがあった。

振り返ったとき、玄九郎は立っていられず、膝からくずおれて、斬られた自分の腹に両手をあてがっていた。両手はすぐに血まみれになり、信じられないという目で、伝次郎を見あげた。もう声を発することもできず、唇を小さくふるわせると、そのままがくっと頭を地につけて息絶えた。

「げ、玄九郎……」

豊蔵が呆気《あっけ》にとられたように目をまるくして、玄九郎から伝次郎に視線を移した。

白髪頭が夕日を受けていた。

酷薄《こくはく》そうなうすい唇をねじ曲げると、

「おれが誰だかわかってんだろうな」

と、豊蔵は強がりをいって刀を振りまわしてきた。

威勢はいいが、腕はからきしで話にならなかった。

伝次郎はさっと、右足を引いてかわすなり、そのまま逆袈裟《ぎゃくげさ》に豊蔵の胸を斬りあげた。赤い血潮が夕日を浴びて飛び散り、豊蔵はあっけなく大地に倒れ伏した。

それを見た左五郎は、白髪交じりの眉をぴくぴく動かして後じさった。

伝次郎が詰め寄ろうとすると「ひッ」と、短い悲鳴を発し、手にしていた刀を捨てて逃げに転じた。片腕を吊っているし、いい年なので、いくらも逃げないうちにつまずいて転んだ。

そのまま尻餅をつく恰好で、伝次郎を振り返った。まるで化け物でも見たような驚き顔だった。

伝次郎は左五郎の刀を拾いあげると、そのまま投げた。

左五郎は飛んでくる自分の刀を避《よ》けることもできず、胸で受け止めるしかなかった。その胸に深々と刺さった刀は、肺腑《はいふ》を抉《えぐ》ったらしく、左五郎は大量の血を口から吐くように流して横に倒れた。

三人を倒した伝次郎は、もう一度川を窺い見て、豊蔵の別宅に急いだ。

開け放された玄関のそばに、三下と思われる若い男が気を失って倒れていた。そ

の先の座敷にもひとり倒れているものがいた。

伝次郎は周囲に警戒の目を光らせながら、奥の間に進んで行ったが、もう人の姿はなかった。

「金次郎」と呼んでみたが、返事はなかった。

念のために裏庭に下りて、あたりを見まわすと、扉の開いている土蔵があった。近づいて中を見ると、解《ほど》かれた縄が二本あった。

どうやら金次郎は、女房子供を救い出したようだ。そうであれば、もうここに用はなかった。伝次郎は急いで自分の舟に戻ると、豊蔵の子分らの猪牙を避けるように、勢いよく川を下った。

第四章　中村座

一

鐘ヶ淵の騒ぎからまる二日がたった。

伝次郎の日常はそれまでと変わることがなかったが、やはり金次郎がその後どうなったかが気になっていた。

熱を出して床に臥していたお晴は、無事だろうか。お君はまた怖い思いをして、さらに畏縮《いしゅく》した性格を強くしているのではないだろうか。

心配すればキリがないが、金次郎が女房子供を連れて、無事に郷里の大宮宿に戻っていることを願わずにはいられない。

そしてもうひとつ気になることがあった。それは、文四郎という役者の女房・おつな殺しと、五右衛門殺しの一件である。

下手人は文四郎だと見られていたが、文四郎は松田久蔵の厳しい取り調べに対し、犯行を否定しつづけ、再度の聞き込みなどによって、嫌疑が晴れたのである。

事件は振り出しに戻った恰好で、探索が再開されていたが、久蔵は他の事件もあるので、それまでと同様の人数が割《さ》けず人手をほしがっていた。

伝次郎は直接久蔵から打診を受けたわけではないが、昨夜千草の店に行ったとき、

――松田さんがちらりとおっしゃってらしたわ。伝次郎さんが助をしてくれると心強いと……。

千草がそういったのだ。

伝次郎は軽く受け流して酒を飲んだ。それは、金次郎のことが気になっていたし、五右衛門・おつな殺しは、文四郎が捕縛されたことで落着したと思い込んでいたがために、助ばたらきをしようという気が失《う》せていたからだった。

山谷堀で客を降ろしたばかりの伝次郎は、そこの舟着場で煙草を喫みながら客待ちをしているところだった。

昨日は曇り空だったが、今日はからっと空が晴れわたり、冠雪《かんせつ》した富士と筑波山《つくばさん》を眺めることができた。

伝次郎は対岸の向島に視線を移した。墨堤の桜並木は枯葉をほぼ落とし切っていた。その墨堤のずっと北のほうに鐘ヶ淵がある。

（豊蔵一家はどうなったんだ）

日に何度かそのことを考える。

一家は親分の豊蔵だけでなく代貸の玄九郎も失っている。それにつづく、器量のある男がいれば、一家を受け継ぐのだろうが、どうなっているのだろうか。

もし一家を継ぐものがいれば、豊蔵や玄九郎の始末（葬儀一切）や、引き継ぎのために他の一家への挨拶まわりなどと面倒なことがある。もちろん、その裏で金次郎探しをするだろうが、

（はて、一家を預かれる大きな器を持った男がいるだろうか……）

と、その辺ははなはだ曖昧である。あのまま一家の子分らは散り散りになったと考えてもおかしくはない。

そして、金次郎を執拗《しつよう》に追うかどうかだが、おそらく豊蔵の子分たちはそこまで

執念深い追及はしないだろう、というのが伝次郎の考えだった。

また、自分のことについてはおそらくわからないはずだ。菅笠を被り、厳重に頬被りをしていたので、顔は見られていない。

さらに、彼らは伝次郎をその辺の船頭だと思っていないはずだ。何しろ刀や仕込棹、そして火薬を使って戦ったのだ。

おそらく金次郎に雇われた用心棒——そう考えているにちがいなかった。

声をかけられたのは、そんなことをとりとめもなく考えているときだった。ひとりの侍が乗せてくれといってきたのだ。

伝次郎は侍を猪牙に乗せると、行き先を訊ねた。

「近くてすまなんだ。歩くのが億劫《おっくう》になってな。吾妻橋の東詰までやってくれ」

侍はそういうと、伝次郎に背を向けて、舟の中央にでんと座った。ぴんと背筋を立て、まっすぐ舟の行く先を見ているようだった。

すがすがしくて品のある侍だった。楽な着流しに無紋の羽織姿という普段着だが、大名家の家臣のようだった。吾妻橋近く（北本所）には、いくつかの大名家の屋敷がある。

「穏やかな流れだ」

客の侍は吾妻橋が近づいたとき、そういった。伝次郎はそうですね、と応じた。

穏やかな空と同じように、たしかに川の流れも穏やかだった。

猪牙を吾妻橋東詰そばにある舟着場につけると、侍は舟賃の他に気前よく酒手をはずんでくれた。礼をいって見送ると、さてどうしようかと伝次郎は考えた。もうひと日は傾きはじめているが、仕事を切りあげるには少し早い時刻である。もうひと仕事しようと決め、棹をつかみなおしたとき、伝次郎じゃねえか、と声をかけられた。

舟着場の上に、本所見廻り同心の広瀬《ひろせ》小一郎《こいちろう》が、道役《みちやく》の勘兵衛《かんべえ》と立っていた。

「これは広瀬さん。ご無沙汰です」

「忙しいのかい」

「ぼちぼちってとこでしょうか」

「邪魔じゃなかったら、茶飲み話でもしようじゃねえか。どうだ」

伝次郎は少し迷ったが、誘いに乗ることにした。

橋際に葦簀張りの茶店があり、そこの床几に伝次郎と小一郎は肩を並べて座った。

「ここんところ非番月のあとで、御番所の内仕事に追われていてこっちに来るのは久しぶりなんだ」

「どうりで顔を見なかったはずです」

伝次郎は茶をすすった。

小一郎は、日頃は本所深川をまわっているが、手先として使っている道役らとの連絡《つなぎ》の場所を、伝次郎の長屋のある松井町《まついちょう》一丁目の自身番と決めていた。それゆえに伝次郎と顔を合わせる機会は多いはずだが、どういうわけかなかなか会うことはなかった。

短い世間話のあとで、小一郎は久蔵が担当している二つの殺人のことを口にした。

「文四郎という役者が捕まったんで、それでケリがついたと思っていたらしいが、松田さんは頭が痛くなったと愚痴をいっていた」

「助を頼まれたりしなかったんですか？」

「頼まれりゃ動けねえこともないが、おれのほうもあれやこれやと片づけなきゃならないことがある。小さい悶着《もんちゃく》ばかりだが、だからといって放っとくわけにはいかねえ」

「もっともなことです」

小一郎は茶を飲んでから、そういやおもしろいことがあったと付け足した。伝次郎が小一郎の眉の濃い色白の顔を見ると、一度爪を噛んでつづけた。爪を噛むのは小一郎の癖だ。

「業平の豊蔵という一家があったんだ。おまえも名前ぐらい聞いたことはあるだろう」

「ま……」

「なんでも内輪揉めで潰《つぶ》れちまったらしい。何があったのか知らねえが、親分の豊蔵と玄九郎という代貸が刺し違えたらしいんだ」

「……そりゃほんとのことで」

事実とちがうことなので、伝次郎は内心で驚きつつ、胸を撫《な》で下ろしていた。一家の面子と世間体を考えて、子分たちがそういっているのだろう。

「一家は板橋からやってくる何とかって博徒が跡を継いで仕切るらしいが、面倒だけはごめんだ。そのうち挨拶にでも行って、どんな野郎か顔を拝もうと思ってる」

「話のわかる男であってほしいもんです」

「まったくだ」

それからまた、松田久蔵が受け持っている事件の話になったが、それも長いものではなく、近いうちに一杯やろうといってその場で別れた。

伝次郎が舟に戻ったときは、すでに日は沈みはじめており、西の空に浮かぶ筋雲《すじぐも》が赤くなっていた。

(引きあげるか……)

伝次郎は大川の流れにまかせて舟を下らせた。

大橋をくぐり抜け竪川に入ったときに日が落ち、川筋の町屋に宵闇が訪れた。

目を東の空に転ずると、夕まぐれの月が浮かんでいた。

「伝次郎さん」

声をかけられたのは、伝次郎が山城橋そばの雁木に舟をつけたときだった。伝次郎は振り返って、目をみはった。

二

「金次郎……」

伝次郎は小さくつぶやくなり、雁木を駆けあがった。

深々と頭を下げる金次郎のそばには、お晴とお君がいた。

「二人とも無事だったんだな」

「はい。お晴は病身ながらよく耐えてくれまして、ようやく元気になりました」

「いろいろとご面倒をおかけいたしました。伝次郎さんにはなんとお礼をいったらよいかわかりません」

「礼なんかどうでもいいさ。じつはどうしているんだろうかと、心配していたんだ」

「申しわけありません。すぐにでも挨拶に来なきゃならないと思っていたんですが、連中の動きが気になっていましたし、お晴の看病もありまして……」

「いいんだ、いいんだ。元気でありゃいいんだ」

伝次郎はすっかり安心した顔になって、お君の前にしゃがんだ。

「お君ちゃん、怖い思いはしなかったか？」

お君はお晴の後ろに隠れるように動いたが、すぐにお晴が怖い人じゃないよ、と諭《さと》して前に押しだした。

「いい子だね。おっかさんの体はもうすっかりよくなったみたいだね」

お君は恥ずかしそうな顔で、小さく頷いた。伝次郎はその手をそっとつかんで、そうか、そうかと撫でてやった。

「伝次郎さん、いつも突然なことばかりですけど、じつはこれから江戸を発《た》つんです」

「ほう」

伝次郎は立ちあがって金次郎を見た。

「こいつともいろいろ話しまして、やはり大宮に戻ることにしました」

「それじゃ料理屋を……」

「そのつもりです。渡世人稼業からはすっかり足を洗います」

「それがいいだろう。それでさっき、豊蔵一家のことを聞いたんだが、知っている

か？」

「へえ、世話になっていた男が聞いてきたのを、教えてもらいました。これで安心というわけじゃないでしょうが、やっぱり江戸を離れたほうが無難ですから。こいつらのこともありますし……」

金次郎はお晴とお君を見て、また伝次郎に顔を戻した。

「それより、伝次郎さんは大丈夫なんですか？　あっしはそっちのほうが心配で……」

「心配無用だ。おれに気づいている連中はひとりもいない。そのはずだ。それより、これからすぐに発つのか？」

「板橋まで行って、明日の朝大宮に向かうつもりです。いつまでも他人の世話になってるわけにはまいりませんので……」

「その男は……」

「気のいい堅気もんですが、昔は同じ一家にいた男です。伝次郎さんにも助けられ、やつにも助けられて……あっしは……」

金次郎は胸が熱くなったのか、そこで言葉に詰まった。

「この人、伝次郎さんにはなんの義理もないのに、どうやってお礼をしたらいいかと、そのことばかりいうんです。でも、わたしもどうお礼をしたらよいものか……」

亭主の言葉を引き継いだお晴も、声を詰まらせた。

「こいつの薬礼も返さなきゃなりませんし、他にもお返ししなきゃならない金もありますが、少しお待ちいただけませんか。必ずお返しにまいりますので……」

金次郎は再び頭を下げた。

「それなら余裕ができたときでいいさ。それより、しっかりした生計《たつき》を立てるのが先だろう。そっちのほうに汗を流すことだ」

「そういってもらうと気が楽になります。ほんとうにこの度はご厄介《やっかい》をおかけし、そのうえ助けていただき、なんの形のお礼もできず心苦しいばかりで情けないのですが、どうかどうかそのこと、お許しください」

「そういうことはいいさ。おれはおまえが立派な料理屋の親爺になるのを願っている。そして、女房子供を大切にして、ささやかでもいいから幸せにしてやることだ」

「ありがとうございやす。あなたはほんとに、なんという……」

金次郎はそこで堰《せき》が切れたように、大粒の涙を頬に伝わせた。腕でごしごしと涙を拭い、声を詰まらせながら何度もありがとうございますと頭を下げるのだった。

隣にいるお晴もそれは同様で、伝次郎は照れ臭くなった。

「もういい。これから発つといったが、すぐにということかい」

もし時間的に余裕があるようだったら、飯でも馳走《ちそう》しようと伝次郎は思ったのだが、

「はい、あまり遅くならないうちに行こうと思っておりますんで……」

と、金次郎は頭を下げる。

「そうかい。それじゃ気をつけてな。お晴さん、あんたもしっかり亭主を支えてやることだ」

「はい、わかっております。では……」

「金次郎」

伝次郎は一歩足を踏み出すと、これを持って行けといってわたした。その日の売り上げの入った財布だった。

「路銀《ろぎん》の足しにしてくれ」

「いえ、こんなことは……」

金次郎はすぐに押し返したが、

「気持ちばかりの餞別《せんべつ》だ。少ないが取っておけ。さあ」

と、伝次郎は無理矢理押しつけた。

「何からなにまで……ありがとうございます。伝次郎さんには一生足を向けて寝られません。あっしは心の中で、伝次郎さんのことを兄貴と思って生きていきやす」

そういって頭を上げた金次郎の目に、また涙が光っていた。

伝次郎は途中まで送って行こうといったが、金次郎とお晴はここでいいと断り、深々と頭を下げて歩き去っていった。

お晴に手を引かれるお君が、何度か伝次郎を振り返った。そして、三人は角を曲がるときに、もう一度振り返って深々と頭を下げ、今度こそ見えなくなった。

「あの親子、ずっと待ってたんですよ」

商い番屋の前を通りかかったとき、番太が伝次郎に声をかけてきた。

「ずっとって……」

「二刻（約四時間）はそこの雁木に腰をおろしてましたよ。いったい誰を待ってたのかなと思っていたんです。そしたら船頭さんだった」

「二刻も……」

伝次郎は金次郎たちが曲がった角に視線を向けた。もうそこには夜の帳《とばり》が下りていて、近くにある居酒屋の掛行灯のあかりが、通りをほの白く染めているだけだった。

三

伝次郎はまっすぐ家に帰りかけたが、途中で足を止めて、きびすを返した。金次郎たちも無事であったし、気がかりだった豊蔵一家のその後のこともわかった。当面の心配事が消え心が軽くなったので、千草の店で軽く引っかけようと思った。

日が落ちてから急に風が冷たくなったが、夜空に浮かぶ月はどことなく暖かい色をしていた。星も浮かんではいるが、明るい月を遠慮するように、まばらに散っているだけだった。

「ああ、旦那だ」

千草の店に入るなり、小上がりにいた音松が頓狂《とんきょう》な声をかけてきた。酒が入っているらしくまあるい顔が真っ赤だ。今夜は暇なのか、他に客はいなかった。

「めずらしいな」

伝次郎は音松の前に腰をおろした。

千草がすぐにやってきて、いつものね、といったあとで、

「さっきから、音松さんとあれこれ話しあっていたんです」

と、普段の笑みを消した真面目顔を向けてくる。

「そうなんです。旦那、謎だらけなんですよ」

「謎……」

「例の五右衛門とおつな殺しのことですよ」

「待って、わたしもつづきを話したいの。伝次郎さん、いますぐお酒持ってきますから」

千草は落ち着かない素振りで板場に消えた。

「謎っていうのはなんだ？」

伝次郎は音松の酌を受けながら訊ねた。

「いや、あっしはすっかり文四郎の仕業だと思っていたんです。松田の旦那もそう考えてたらしく、これで片づいたなといってたんです。ところが文四郎の身の潔白が証されて、調べのやりなおしです」

「そりゃあしかたないだろうが、他に疑いのある人間はいないのか？」

「そこなんです。あ、こりゃうめえや」

音松は烏賊《いか》の漬《づ》けをつまんで目をまるくした。そこへ、千草が同じお通しと酒を運んできて、そばに腰をおろした。

「おいしいでしょう。漬けダレに少し凝ったのよ。醤油《しょうゆ》だけでなく味醂《みりん》とお酒を足して味を調《ととの》えたんですけど、おいしいならよかったわ」

「うん、うまい。胡麻《ごま》と山葵《わさび》も入ってるようだな」

伝次郎も烏賊漬けをつまんで、極上だと思った。烏賊の甘みが漬けダレによって、引き立った味になっている。

「あたりです」

千草は嬉しそうに手をたたいた。それからすぐに、あの吟味物《ぎんみもの》（事件）はあたり

じゃなかったわね、と音松と顔を見合わせる。

「そうなんです。あっしも千草さんも、下手人はてっきり文四郎だと思っていましたからね。それでさっきから、ああでもないこうでもないと、二人で話してたんです。旦那んとこに松田の旦那は行きませんでしたか？」

「今日は会っていない」

「松田さんは会いたがっていたわ」

千草はそういって、きっと手を貸してほしいのよと付け足す。

「面倒な判じ物になっているってわけか」

「そうなんです」

音松が一膝すり寄っていう。

「まず、下手人を見たものがいないんです。そして、二人は同じ紐か縄で殺されています。まったく同じものかどうかはわかりませんけどね」

「それは伝次郎さんも知っていることよ。不思議なのは、文四郎さんが出かけたあとでおつなさんが殺されたんだけど、誰も文四郎さんとおつなさんの家に入る人間を見た人がいないの。そして、逃げる人もいなかった」

「文四郎が出かけたあとで、おつなが殺されたというのはどうしてわかった？」

伝次郎は盃を口の前で止めて千草を見る。

「船大工の小平次さんが、長屋の入り口で文四郎さんを送り出すおつなさんを見たといったんです」

「なに、あの親爺が……」

伝次郎は小平次の顔を思い浮かべた。強情一筋で干し柿のようなしわ深い顔をしているが、いい職人だ。伝次郎の新しい猪牙を造ってくれたのもその小平次だった。

「そうです。それで、あの長屋の出入り口は、木戸番小屋からよく見えるんですが、小平次さんは文四郎さんとおつなさんを見たあと、木戸番小屋で茶飲み話をしていたんです。その間ずっと、あの長屋を見ていたといいます。そして、小平次さんが自分の家に戻ったあとは、木戸番の女房が代わりに座ってたんですが、あの女房は手内職一途なんで表なんか見てないらしいんです。長屋の住人以外出入りはなかったといいますが、ほんとうのところはどうだかわかりません」

音松が説明した。

「しかし、その女房の言葉を信じりゃ、長屋の住人の仕業だったということになる

な」

「松田の旦那が調べていますが、住人じゃないんです」

「たしかなのか？」

「まちがいないでしょう」

「それじゃ下手人は長屋の出入り口から入ったのではなく、裏から入ったんだろう」

伝次郎はそこまでいって、文四郎の長屋に行ったときのことを思いだし、言葉を足した。

「いや、それは無理か。あの長屋は袋小路になっていたな」

「そうなんです」

「おかしいのはそれだけじゃないんですよ」

千草がいう。

「なんだ？」

「五右衛門さんのことです」

「五右衛門がどうした？」

伝次郎は千草を見る。

「五右衛門さんは自分の長屋の裏通りで殺されていたんですけど、木戸番の番太が見廻りをした七つ（午前四時）頃には何もなかったんです。それで死体を見つけたのは、近所の魚屋の棒手振で信吉《しんきち》という人でした。その時刻は六つ（午前六時）より少し前でした」

「ふむ」

「でも、殺された時刻はもっとはっきりしているんです。五右衛門さんの隣の家に住む米助《よねすけ》という人が、朝方厠に行ったんです。それが七つ半（午前五時）頃で、そのときに米助さんは五右衛門さんの大きなくしゃみをはっきり聞いているんです」

「すると、五右衛門は七つ半から六つより少し前の間に殺されたということか……」

伝次郎は盃を口に運んだ。

「おつなさんも五右衛門さんも殺されたのは、朝方、そして首を絞められています」

音松が神妙な顔でいう。

「あやしかった文四郎さんですけど、聞き込みで身の潔白は証されましたけど、さらに文四郎さんの体にはなんの傷もなかったんです。そうでしたね、音松さん」

千草である。

「そう、それが決め手で文四郎さんは無罪放免です」

「爪のことか……」

伝次郎は烏賊の漬けをつまんで一点を凝視《ぎょうし》する。

殺されたおつなの爪には、下手人のものと思われる小さな皮膚片が詰まっていた。おつなが殺されるときに、相手に爪を立てた証拠である。つまり下手人は体のどこかに爪痕を残しているはずだ。

ところが文四郎の体にはそんな傷はなかった。

「五右衛門さんは誰かに呼び出されたか、前もって長屋の裏で誰かと会う約束をしていた。そうでなければおかしいでしょう」

そういう千草に伝次郎は顔を戻した。

「でも、どうしてそんな早い時刻に、下手人と思われる人に会わなければならなかったんでしょう？　下手人の都合だったのかしら？　それとも五右衛門さんがそう

望んだのかしら……」

千草は伝次郎と音松を交互に眺める。

「それより、二人はなぜ殺されなければならなかったかだ？　そのことはどうなのだ」

伝次郎は音松と千草を眺めた。

四

「伝次郎さん、お待ちを……」

翌朝、伝次郎が山城橋の雁木を下りようとしたときだった。声をかけてきたのは、貫太郎という松田久蔵の小者だった。

「なんだ、おまえか」

伝次郎が立ち止まると、貫太郎ががっちりした体を揺するようにしてやってきた。肩が上下していて、吐く息が白くなっている。それに額に浮かぶ汗が、頬から首筋に流れていた。

「ずいぶん急いできたようだな。てことはよっぽどの用があるんだろう。松田さんからの使いか」

「先にいわれちまうと、もういうことがありません。へえ、そのとおりで、旦那から言付《ことづ》けを預かってきました。相談があるんで、清住町の番屋で待っていてくれってことです。おっつけ旦那はやって来ます」

伝次郎は首にかけていた手拭いを、ひょいと抜いて空を見あげた。どんよりした雲が広がっている。

「五右衛門とおつな殺しのことだな」

貫太郎に顔を戻していった。

「そのはずです」

貫太郎は殊勝《しゅしょう》な顔でぺこりと頭を下げる。

「わかった。すぐに行く」

伝次郎は一度自分の舟を見に行き、それから自宅に帰って着流しに替え、腰に刀も差した。昨夜、千草と音松と、あれこれ推量したことで、考えがそっちに行っていた。それに千草にいわれたこともある。

──おつなさんの死体を見つけたのは、わたしたちだし、伝次郎さんが最初にあの場を差配《さはい》したんですから……。

それはさも調べをしなさい、といっているのも同じだった。

普段は危ないことに関わるのを心配する千草だが、今回はどうも按配《あんばい》がちがう。自分の店の近くで起きた事件だからというより、事件そのものに関心があるようなのだ。

清住町の自身番に入ると、貫太郎がそばに来て上がって待ってくれという。詰めている書役と番人が心得顔で、場所を空《あ》けてくれる。

番人が淹れてくれた茶に口をつけて間もなく、がらりと腰高障子が開き、松田久蔵が小者の八兵衛といっしょにやってきた。伝次郎と視線を合わせると、小さく頷いて居間に上がってきた。

「もう話は聞いてると思うが、調べなおしだ」

久蔵は開口一番にいってつづけた。

「いい訳がましいことは口にしたくないが、頼まれてくれるか」

「遠慮しないでください。おつなの死体を見つけたのはおれです。あのとき、放っ

ておけないといった手前もあります」

「そういってくれると、気が楽になる」

「それで文四郎の嫌疑はまったくなくなったんですね」

「だから調べのやりなおしなんだ」

久蔵はめずらしく忌々《いまいま》しそうな顔をした。普段から冷静沈着で、緻密《ちみつ》な調べをするのが久蔵だった。それゆえに、探索のやりなおしが心外なのだろう。

「他に目をつけた人間はいなかったのですか？」

「二人ばかりいる。だが、その二人が殺しをするには無理があるのがわかった。殺しのあった時刻には、ちゃんと別の場所にいたことがわかっている」

「五右衛門とおつなが殺される理由はなんでしょう。それはどうです」

伝次郎は久蔵の整った色白の顔を見つめる。

「それがよくわからんのだ。二人とも揉め事を起こしてるわけでもなく、他人の恨みを買うようなこともない。ただ、二人を恨んでいるものがいたとすれば、それはひとりだけわかっている」

「誰です？」

「おつなの亭主の文四郎だ」

伝次郎はひくっと片眉を動かして、それはなぜです、と問うた。

「調べていくうちにわかったことだが、おつなと五右衛門はひそかに通じていたんだ。文四郎はそのことを知っていたが、知らぬふりをしていた」

「それじゃ、五右衛門は友達の女房を寝取っていたということですか」

「そういうことだ。おつなも満更《まんざら》じゃなかったようだ。それなのに、文四郎と別れる素振りはなかった」

「文四郎と五右衛門が争ったようなことは……」

「五右衛門は殺される二日前に、四阿《あずまや》という料理屋で文四郎と会っている。そのとき、軽い口論をして、額に小さな怪我をした。なんでも文四郎が盃を投げたらしい。だが、それは酒の席での些細《ささい》なことだったらしい」

「どういう話からそんなことに……」

「五右衛門が死んでるから聞くことはできないが、文四郎は役者の自分を小馬鹿にしたので、ついカッとなったといっている」

伝次郎は小さくうなるような声を漏らし、思案顔で宙の一点を凝視する。

「おれは文四郎の仕業でしかないと思っていたんだが、最後の最後でひっくり返された。どう考えても文四郎には殺せない。おつなは殺される間際に相手に爪を立てている。爪には血混じりの皮膚が詰まっていたから、下手人は怪我をしているはずだが、文四郎はきれいな体をしていた」

「松田さん、五右衛門とおつなを殺したのは同じ人間でしょうか？　手口は似通っていますが、じつはまったく違う人間が、あの二人を殺したと考えることはどうなんでしょう。つまり、下手人は二人いると……」

「さすが伝次郎だ。もちろん、そのことも考えて調べを進めたが、おつなと五右衛門が通じていた事実がわかったので、これはもう文四郎にちがいないと確信をしたのだ」

「それじゃ二つの殺しが別物かもしれないという調べは、まだ終わっていないというわけですか」

「まあ、途中で切りあげたからな」

久蔵は苦々しい顔をして茶に口をつけた。

「ふむ、それじゃどこから調べればいいんです？」

「それはおまえにまかせる。指図されずとも、おまえにはわかっているはずだ」

伝次郎は久蔵の目をまっすぐ見てから、承知しましたと答えた。

茶を飲んで土間にいる八兵衛らに目を向けると、いつの間にか音松が入り口のそばに立っていた。

五

「さっきは驚きましたね」

自身番を出るなり、音松が顔を向けてきた。

「おつなと五右衛門が通じていたってことですよ。伝次郎がなんだと聞けば、それを、文四郎も知っていたんでしょう」

と、驚き顔をする。

「おまえも知らなかったのか？」

「知っていたら、とっくに話していますよ」

「そうだな」

伝次郎は軽く応じて歩いた。

江戸の町には憂鬱《ゆううつ》そうな雲が広がっている。

「五右衛門の家から調べなおしですね」

「そのつもりだ。五右衛門が殺されていた通りも見てみたい。そのあとでおつなの家に行きたいが、文四郎はいるだろうか？」

「芝居がはねてりゃいるはずです。といっても昼前にはだいたいの出番は終わるって話です」

文四郎は「相中《あいちゅう》」と呼ばれる役者である。もらえる役は小さく、科白《せりふ》も少ない。その分、他の役をいくつか掛け持ちするのだろう。

だから、音松は「だいたいの出番は終わる」といったのだ。

五右衛門の長屋は、自身番からほどないところにあった。路地の両側に二階建ての長屋が並んでいる。路地の上に二階と二階を結んだ紐があり、それに取り忘れられた洗濯物が下がっていた。

五右衛門の家は、路地を入って二軒目にあった。戸締まりはしてなかったので、戸はすっと横に開いた。

「親戚とか仕事仲間がきて、大方片づけてしまったんです」

伝次郎が家の中に入ると、音松がそんなことをいった。

実際、家の中はがらんとしていた。毛羽《けば》だった畳に染みがあったり、焦げ目があったりした。壁はくすんだ色をしていて、古くなった障子には継ぎがしてあった。

伝次郎は梯子《はしご》を伝って二階にあがってみたが、そこも変わり映えのしないがらんとした部屋になっていた。これでは何もわからない。

一階に戻ると、勝手口を開けて見たが、すぐそこに商家の壁が迫っていて、猫や犬だったら通れそうな細い路地があるだけだった。

長屋を出ると、五右衛門が殺されていた裏道に足を運んだ。何の変哲もない裏通りである。道幅は一間ほどだ。人通りはほとんどない。殺しの起きた早朝ならなおのことだ。

「五右衛門はどの辺で死んでいたんだ？」

音松がすぐに教えてくれた。その裏通りに入って二十間ほど行ったところだった。

「そこの壁にもたれるようにして死んでいたそうです」

音松が示すのは、商家の長塀になっている海鼠《なまこ》壁だった。

「この店は……」

伝次郎は商家を見あげた。塀の向こうに土蔵らしきものがある。途中には裏口の開き戸もあった。

「大坂屋《おおさか》という藍玉《あいだま》問屋です」

音松の返答を聞いて、あの大店《おおだな》かと伝次郎は思った。

「すると、五右衛門の長屋横が大坂屋ということか」

「大坂屋の敷地は鉤《かぎ》の手みたいになっているんです」

伝次郎はもう興味をなくしたとばかりに歩きだした。

つぎは文四郎の家である。歩きながら、此度の一件で知っていることをもう一度音松に話をさせた。

伝次郎は、概略はこれまで聞いて知っていたが、細かい部分の聞き落としや、また新たな情報となりそうなことに注意をした。

例えば、これから訪ねる文四郎についてもそうだった。文四郎はおつなに見送られて長屋を出ている。それを見たのは、木戸番小屋の番太と船大工の小平次である。

伝次郎は当初、おつなが殺されたのは明け方の七つ前後だと思っていたが、小平

次と番太の証言で、その時刻は六つ過ぎだったというのがわかった。

そして、その前後に長屋に出入りしたものはいないというのが、番太の証言だ。

文四郎の長屋は袋小路になっている。下手人は誰にも見つからずに、長屋に侵入しておつなを殺す機会を待っていた。そして、無事目的を果たすと、誰にも見られずに長屋を出ていったということになる。

(もしや下手人は、長屋の住人だったのでは……)

と、考えたが、それはすでに久蔵が調べずみで、容疑者はひとりもいないことがわかっていた。

伝次郎が文四郎の長屋を訪れるのはこれで二度目だが、やはりひどい裏店である。肌寒い季節で、今日は気温も低くなっているが、厠から漂ってくる悪臭には鼻をつまみたくなる。長屋全体の建付《たてつけ》は悪くなっていて、戸がゆがんでいたり、壁が剥げ落ちていたりする。どこの家の腰高障子も破れていて、継《つ》ぎ接《は》ぎだらけだ。

目当ての文四郎はいなかった。

「旦那、まだ昼前ですから、芝居小屋のほうなんですよ」

音松が文四郎の留守を知っていう。この足で中村座に行ってみるかと聞くが、

「その前に小平次から話を聞こう」

と、伝次郎は答えて、さっさと文四郎の長屋を出た。

船大工の小平次の仕事場は、中之橋のそばにある。その二軒隣が自身番だ。

「おや、これは……」

伝次郎が仕事場の前に立つなり、板に鉋《かんな》をかけていた小平次がひょいと顔をあげた。干し柿のようなしわ深い顔に笑みが広がったので、さらにしわくちゃになった。

「邪魔をするがいいか？」

「今日はどうしなさったんで……」

小平次は仕事の手を止めて、着流し姿の伝次郎を眺めて小首をかしげた。

「この裏の長屋で殺しがあっただろう。じつはあの女房を見つけたのはおれと、ここにいる連れなんだ」

「ほんとですか」

小平次は驚き顔になって、伝次郎と音松を交互に眺めた。

「その縁で町方の旦那に調べを手伝えって頼まれちまってな。断り切れなくて、まあ町方の真似事をしてるんだ」

「仕事は休みですか。あんたの仕事ぶりをときどき眺めて、いい船頭の舟を造ったと満足してんですよ」

「ああ、舟には大満足だ」

伝次郎は小平次のそばに行くために、積んである材木をまわり込んだ。足許に鉋屑《かんなくず》が散らばっていて、仕事場の隅や壁際に大工道具があり、舟の部品である中板《なかいた》や寝板《ねいた》などが木製台座にのせられていた。

「それでおつなって女房が殺された朝のことなんだが、あんたはおつなが文四郎という亭主を送り出すのを見ていたらしいな」

伝次郎は音松を紹介してからそういった。

「ああ、見ましたよ。仲のいい夫婦でね。木戸番と若い夫婦はいいねと話してたんですよ」

「それは六つ頃だったんだな」

「六つの鐘を聞くちょい前です」

「それでその前に長屋に出入りしたものは見なかったんだな」

「伝次郎さん、その話は松田っていう町方の旦那にさんざんしてんですよ」

「わかってる。その松田さんからも聞いてるよ。おれが知りたいのは、見知らぬ人間があの長屋に出入りしなかっただろうかと思ってね」

「いましたよ」

小平次はあっさり答えて、あとで気づいたといってつづけた。

「今度町方の旦那が訪ねてきたら、それをいおうと思ってたんです」

伝次郎と音松は、思わず顔を見合わせた。

六

「それはどんなやつだった？」

「納豆売りだよ。それがいつものやつじゃなかったんだね。いつもなら深川元町の納豆屋の親爺が来るんだが、あのときは若いやつだった」

「文四郎が出かけたあとすぐに見たのか、それともしばらく間があったのか？」

「しばらくしてだったね。まあ、小半刻はたっていなかったと思うが……」

これは大事な証言だった。さらに、小平次はつづけた。

「この辺をまわるのは、深川元町の納豆屋だよ。作兵衛《さくべえ》という男だ」

「いまもその作兵衛がまわってるんですか？」

音松だった。

「そうだね。あの日だけちがう若いやつだった」

伝次郎は音松と顔を見合わせて、作兵衛に会いに行くことにした。

「旦那、あやしいじゃないですか。その日だけ来た納豆売り、しかも文四郎が出かけて間もなくして長屋を出ていったんです」

伝次郎は目を光らせていう音松に、うむとうなずく。

長屋でその若い納豆売りを見たものがいないか調べる必要もあったが、まずは作兵衛の納豆屋に行くべきだった。

納豆屋・作兵衛の店は、深川元町と三間町《さんげんちょう》を隔てる小路にあった。すぐ東が五間堀で、対岸は旗本・神保山城守《じんぼやましろのかみ》の屋敷だ。

「そりゃ、兆太《ちょうた》です」

納豆の仕込み作業をしていた作兵衛は、手拭いで首筋を拭って伝次郎に答えた。

「兆太」

「へえ、遠縁の倅《せがれ》で面倒見てくれって頼まれたんで、まあ気乗りしないながらも雇ってやったんですが、とんだ怠けもんでして、あのときは腹を下したんで、仕事ができねえって帰って来やがったんです。それでこっぴどく叱りつけたんですが、もう翌る日から来やしません」

「それは、おつなって女が殺された朝のことに間違いないな」

「間違いないですよ。あっしはあの日の夕方、その長屋に行って噂を聞いてびっくりしたんです。あのおかみさんもときどき、納豆を買ってくれてましたから……」

「兆太の家はどこだ？」

「本所緑町《みどりちょう》二丁目です。藤右衛門店《とうえもんだな》に住んでる平七《へいしち》って大工の倅です。まさか兆太を疑ってんじゃないでしょうね」

作兵衛は真顔を伝次郎に向けた。

「話を聞きたいだけだ」

伝次郎はそのまま作兵衛の家を離れた。

空はどんよりと曇ったままだが、雲のうすい部分にかすかな日の光が白くぼやけている。商家の屋根に止まっている一羽の鴉《からす》が、カアと短く鳴いた。

「兆太って男が下手人だとしたら、おつなと五右衛門とどういう間柄だったんでしょう」

音松が歩きながらいう。

「まだ、兆太の仕業だと決まったわけじゃない」

「そりゃそうですが……」

音松はそのまま口を閉じた。

伝次郎の頭にはいろんな考えが浮かんでいた。もし、兆太の仕業なら、音松がいったように何らかの関係がなければならない。

そして、兆太は文四郎を知っていたかもしれない。文四郎は女房が友達の五右衛門と通じていたのを知っていた。決して心穏やかではなかったはずだ。しかし、自分で手を下すのはあまりにも愚かすぎる。そこで人を使って二人を殺《あや》めた、と考えることもできるが、それはあくまでも憶測でしかない。

二ツ目之橋《ふためのはし》をわたると音松が先に駆けてゆき、藤右衛門店を探すために木戸番小屋に聞きに行った。このあたりのことを、土地の者は〝二ツ目〟と略称する。

「そこでしょう」

木戸番小屋から戻ってきた音松が一方の長屋を指さした。

伝次郎と音松はその長屋の路地に入ると、腰高障子を眺めていく。障子には住人の名前と職業が書かれている。

大工・平七の家はすぐにわかった。ちょうど中ほどの家がそうだった。腰高障子は閉められていたが、人の気配がある。

声をかけると、女が応じ返してきて、すぐに戸が開けられた。

「平七の家だな」

女はへえ、と頷いて、目をしばたたく。

「おれは松田久蔵という町方の手先をしているものだ。ちょいと兆太に会って聞きたいことがあるんだが、どこにいる？」

「兆太ならどこにいるのか……」

平七の女房は目をキョロキョロさせる。なんだ、と問えば、どこにいるかわからない、といって言葉を足した。

「大方、花町《はなまち》の悪たれと与太《よた》ってんだとは思いますけど……でも、兆太が何か？」

「会って話を聞きたいだけだ。花町というのは本所花町だな。どうしたら探せ

る？」

「花町に行って正三郎《しょうざぶろう》という悪たれのことを聞けばわかると思います。あんな男たちとつるむのはやめろ、と何度いって聞かせてもだめなんです。一昨日もうちの亭主に殴りつけられて、へそを曲げて飛び出していったきりです。会ったら帰ってくるようにいってもらえませんか」

女房は気苦労が多いのか、やつれた顔でそんなことをいう。

おつなや五右衛門、そして役者の文四郎のことを聞いたが、女房はさっぱり知らないというし、兆太からも聞いたことはないといった。

「兆太は遊び癖の強い男のようですね。納豆屋の作兵衛も怠けもんだといってましたし」

「怠けもんだから人を殺さないとはいえねえ」

「やっぱり兆太を疑ってるんで……」

「それは会ってからのことだ。だが、人を殺すやつはそれなりに性根が据わっている。兆太がそんな人間かどうかは、会えばだいたいわかる」

本所花町に入り、河岸前にある茶店の小女に、正三郎という与太者を知らないか

と聞くと、如実にいやな顔をして、

「あの人なら時の鐘のそばあたりにいるはずですよ」

と、ぶっきらぼうに答えた。正三郎は町の嫌われ者のようだ。

北辻橋の手前を左に折れて、大横川沿いに少し行ったところに時の鐘がある。その脇に茶店があり、数人の若い男たちがたむろして、馬鹿げた笑い声をあげていた。

伝次郎が近づくと、男たちはいっせいに笑うのをやめ、褒められない目つきで見てきた。

「ちょいと訊ねるが、ここに兆太って男はいないか？」

数人がひとりの男を見た。そして、その男は座っていた床几から尻を浮かした。

「おまえか」

伝次郎が一歩踏み出すと、

「おい、兆太に何の用があるってんだよ」

と、意気がって立ち塞《ふさ》がった男がいた。

「おまえに用があるんじゃない。どけ」

「どかねえよ。兆太、逃げるんだ」

いわれた兆太が脱兎のごとく駆け出した。

七

伝次郎は目の前の男を押しのけようとしたが、男は足を踏ん張って遮る。

「どけッ」

伝次郎はいうなり、男の片腕をねじるようにつかみ取ると、そのまま腰にのせて投げつけた。伝次郎はそのまま兆太を追う音松を見て、一目散に駆け出した。

兆太は履いていた雪駄が途中で脱げ、裸足《はだし》で逃げる。なぜ逃げるのかわからないが、捕まえなければならない。

本所入江町《いりえちょう》から本所永倉町《ながくらちょう》の武家地に入ったところで、音松が兆太に追いつき袖をつかんで引き倒した。音松もいっしょに地面に転がった。

兆太は放せ放せと喚きながら、つかまれた袖を払おうと抗っていたが、伝次郎が追いついて襟をつかんで立たせると、

「なんだよ、あんたらは……」

と、口を尖《とが》らせて伝次郎を見てくる。

「納豆屋の作兵衛に雇われたことがあったな。少し前のことだが、深川六間堀町に行って商売をしたはずだ」

「ひょっとして、役者の女房が殺された日のことですか？」

「ほう、知っていたか。あの朝、おまえは同じ長屋にいたはずだ。それもあの女房が殺された同じ頃だった」

「まさか……」

「嘘はいけねえぜ。おまえを見たものがいるんだ」

「おれは厠を借りてただけですよ。あの朝は腹の具合が悪くて、商売にならなかったんです。それで厠から出ると、そのまま店に戻ったんですが、こっぴどく怒られちまって。こっちの体のことなんか考えねえ人には使われたくないんで、そのまま知らんぷりしてんです」

兆太は聞かれもしないのに、べらべらとしゃべった。

その目に嘘は感じられなかった。

「おまえが厠に入っているときに、何かおかしなことに気づくことはなかった

か？」

「ちょっと待ってくださいよ。いったいあんたは何なんです、町方ですか？」

兆太は伝次郎の腕を払いのけていった。

「そうだ」

伝次郎はそういった。嘘だが、通用すると思ったからだ。案の定、兆太は観念したような顔つきになった。

「厠には隙間がある。表を見ていて、あやしげな人間が通ったとか、そんなことはなかったか？」

「下手人探しですか……なんだ……」

兆太は乱れた襟を正して、誰も見なかったといった。伝次郎は片眉を動かして、ほんとうだなと兆太を凝視する。

「嘘じゃないですよ。見てもいないのに見たなんていえないでしょう」

「五右衛門という男を知らないか？」

「そりゃあ誰です？」

伝次郎は目を大きくする兆太を凝視し、問いを重ねる。

「それじゃ文四郎という男はどうだ？」

「そりゃひょっとして、殺されたおかみの亭主ですか、たしかそんな名前だったような気がしますが……」

兆太はちがいますかというような顔で、音松を見てまた伝次郎に視線を戻した。

「知らないならいい。悪いがちょいと腕を見せてくれ」

伝次郎は強引に兆太の二の腕をつかんで袖をまくった。もう一方もそうしたが、爪を立てられたような傷はなかった。

「なんなんです」

「悪かったな。だが、何でさっきは逃げた？」

「そりゃ……」

兆太はばつが悪そうな顔をして視線を外した。

「咎め立てはしねえからいってみな」

「さっきいた茶店の代金を踏み倒したからです」

兆太はぼそぼそした声でいって、あとで払うつもりなんです、と悪びれたような顔で、伝次郎を上目遣いに見た。

「もういい」

伝次郎は兆太を解放すると、的外れだったな、と音松にいった。

「しかたないですよ。で、どうします？」

「文四郎に会おう」

「中村座に行くんですか？」

「文四郎の出番が終わっていれば会えないかもしれないが、まだ昼前だ。会えなきゃ、長屋を訪ねるだけだ」

そのまままっすぐ二人は中村座に向かった。

竪川沿いの道を歩き、大橋をわたる。普段は舟でその橋をくぐるのだが、何だか橋をわたることに新鮮さを感じた。

大川を行き来する舟は曇天のせいか、いつもより少なく感じられる。川面も暗い空と同じように澱《よど》んだ色をしていた。

しかし、江戸の華やかさを彩る二丁町《にちょうまち》（堺町《さかいちょう》・葺屋町《ふきやちょう》）には、空や川とちがった浮かれたような明るさと賑わいがあった。

堺町の中村座、そして葺屋町の市村《いちむら》座前には着飾った娘やおかみ連中の姿があり、

芝居茶屋の女たちがにぎやかに呼び込みの声を発している。

芝居に関係する団扇《うちわ》や扇子、あるいは浴衣《ゆかた》を売る店もあれば、煎餅《せんべい》や饅頭《まんじゅう》を売る菓子屋もある。芝居小屋から科白をしゃべる役者の声や、客の歓声が漏れ聞こえてくる。

小屋前には役者の名を染め抜いた幟《のぼり》がはためき、屋根看板に役者絵が躍っていた。

伝次郎と音松はそんな表ではなく、ひっそりした裏にまわり楽屋口を訪ねた。年取った口番《くちばん》に声をかけて、文四郎のことを聞くと、

「もう終わったはずだから、化粧《けわい》を落としたら出てくるはずです」

と、親切に教えてくれた。

伝次郎と音松はそのまま楽屋口で待つことにした。

中村座は代々中村勘三郎《かんざぶろう》が座元を世襲している。楽屋口にも、勘三郎の大きな札がかけてあった。

「松田の旦那も文四郎にはあれこれ聞いてんですが、旦那は何をお訊ねになるんです？」

暇にあかせて音松が声をかけてくる。

「大方同じことだろう。だが、おれも助をする手前、自分の耳で聞いておきたい」

「おっしゃることはよくわかります」

そう応じた音松が、楽屋口の奥を見て目をみはった。廊下からひとりの男が歩いてきたのだ。文四郎です、と音松が教えてくれる。

なるほど、華奢《きゃしゃ》な体つきだが、役者だけあってなかなかの色男である。伝次郎の視線に気づいたのか、文四郎は一度立ち止まり、躊躇《ためら》うようにして歩いてきた。

「文四郎だな」

伝次郎が声をかけると、文四郎は顔をこわばらせて見てきた。

第五章　木戸番小屋

一

「おつなのことですね」

文四郎は伝次郎に訝しげな目を向けたが、一度会っている音松を見てそういった。

「おつなのことだけじゃないが、少し話をさせてくれ。おれは松田さんの助をしている沢村伝次郎という」

「あのことでしたらもう松田様に話せるだけ話しているのですが……」

「たしかめたいことがあるだけだ」

「では、ここでないところで……」

文四郎は楽屋を出ると、楽屋新道《がくやしんみち》の外れにある茶店に伝次郎をいざなった。床几に肩を並べるようにして座り、茶を運んできた小女が下がるのを見て、伝次郎は口を開いた。

「大事な女房があなって気を落としてるだろうが、何もかもすんだようだな」

「へえ、思いもいたさぬことでしたから、しばらくどうしたらよいかわからずにいました。まさかまさかと、いまでもその思いは変わりませんで、嘘であったなら、悪い夢であってくれたならと思っていますが……」

文四郎はため息をついて肩を落とす。

「おまけに友達の五右衛門も失っちまったんだからな」

文四郎は「へえ」と、うなだれる。

「それで、そのおつなと五右衛門はひそかに通じていたらしいじゃないか」

文四郎はまばたきもせず足許の一点に視線を落とした。

伝次郎はつづける。

「そして、おまえはそのことを知っていた。だが、それを先にいえば自分が疑われると思って、しばらく黙っていた。松田さんの調べが進んで、そのことがわかり、

おつなと五右衛門の仲を認めた。そうだな」

文四郎は蚊の鳴くような声で「はい」と頷く。

「二人の仲に気づいたのはいつ頃だ？」

伝次郎は文四郎の横顔を見つめる。

「一年ほど前です」

「しかし、おまえは二人を咎めなかった、そう松田さんに話している。なぜだ？」

「あの、そのことについては何もかも松田様にお話ししてあるんですが、それにわたしへの疑いは晴れているはずです」

文四郎は伝次郎に顔を向けていった。

「わかっている。だが、おれはおまえの口から聞きたいのだ。おつなを殺した下手人が憎いだろう」

「そりゃ……もちろんです」

「だったら話してくれ。松田さんには、二人を責めると、おつなとほんとうに離縁することになるかもしれない、といったそうだな。そして、自分と別れたおつなは五右衛門のもとに走ると考えた。おまえはそれだけは、やめてほしかった。だから

知っていながら知らないふりをしていた」

「そのとおりです」

「つまり、自分の女房でありながら、友達との浮気を認めていたってわけだ」

「………」

「おつなと別れるのがいやだから、二人の仲を知っていながら黙っていた。なかなかできることじゃない。咎めようと思ったことはないのか？」

「そりゃ、何度もあります。でも、そうしたら何もかも終わるんじゃないかと、そうなるのがいやだったんです。それに二人がいっときの火遊びなら、じきに冷めて、いずれは元の鞘に納まるはずと思ってもいました」

「人のいいことを……それとも気が長いのか……おれにはわからないことだ」

「おつなは魔が差して、ずるずると付き合っていたのかもしれませんし……。五右衛門は自分を咎めていたはずです。いつかこの関係をやめなければならないと、そう思っていたはずです」

「二人を殺そうと思ったことはないか？」

伝次郎の唐突な問いかけだったが、文四郎は表情ひとつ変えず、いいえと首を振

ったあとで、

「でも、五右衛門が死んでしまえばいいと思ったことはあります。もちろん心の底から思ったわけではなく、そんな気持ちが頭をかすめることはありました」

と、正直なことを吐露《とろ》した。

「五右衛門が殺されたのを知ったとき、どう思った？」

「びっくりしました。まさか、そんなことがと……」

「これでおつなの浮気が終わると、胸を撫で下ろしたのではないか」

伝次郎はわざと意地の悪い問いかけをしながら、文四郎の心の内を読もうとする。

「あのときは心底驚きました。五右衛門とは長い友達付き合いでしたから……女房とどんな間柄なのかということは忘れていました」

「五右衛門の死をいつどこで知った？」

「仕事から家に帰っておつなに教えられました。今朝、五右衛門が殺されたって」

「女房から聞いたんだな」

「はい」

「そのとき女房はどんな顔をしていた？」

「どんなって……わたしはその女房を殺されているんです。どうしてそんな辛いことばかりお訊ねになるんです」

「大事なことだからだ」

文四郎はしばらく正面に顔を向けて黙り込んだ。

目の前の通りには、楽屋口から出てくる役者をひと目見ようとする女たちが目立つ。

近くには芝居茶屋が多く、幇間《ほうかん》を連れた金持ちが出入りしている。有名どころの役者をそばにつけて自慢したがる酔狂《すいきょう》な金持ち連中だ。

「……わたしの顔をまっすぐ見て、五右衛門が死んだといったんです。わたしが驚くと、殺されたといいます。わたしは信じられない思いでした。その日の夕方、松田様が訪ねてこられまして、あれこれわたしと五右衛門の仲を聞かれたのです」

伝次郎はぬるくなった茶を口に運んだ。

少し雲が払われたのか、目の前の商家に薄日が射していた。

「五右衛門が殺される二日前に、四阿という料理屋で五右衛門と会っているな」

「へえ……」

「そのとき、口喧嘩をして五右衛門に盃を投げ怪我をさせている」

「……あれは」

「なんだ？」

「いえ、松田様にも話しましたが、五右衛門が売れない役者のわたしを小馬鹿にしたからです。ついカッとなって……。五右衛門は三味線の腕を見込まれ、囃子方で売り出し、実入りもよくなっていたので、ときどきわたしを見下すところがありました。あのときは役者なんかやめて、他の仕事を見つけたらどうだと余計なことをいいやがったんです。それで頭に来て、おまえにおれの何がわかるっていうんだと、つい……」

「手が動いちまったってことか……」

「へえ」

伝次郎は短く文四郎を凝視し、

（この男の話をそのまま鵜呑《うの》みにしていいのか……）

そんな疑問が胸の内に浮かんでいた。

「文四郎、邪魔をしたな。気を悪くしないでくれ。これも下手人を探したいためな

んだ。それに下手人が見つからなきゃ、おまえの女房だったおつなだって、友達だった五右衛門だって浮かばれないだろう」

「……はい」

「また、聞きたいことがあるかもしれねえが、そのときはよろしく」

伝次郎はそういいながら茶代を置き、先に腰をあげた。

二

「旦那、何であんなにしつこく聞くんです。文四郎の疑いは晴れてんですから」

音松はそれより他の調べがあるんじゃないか、といわんばかりの顔だ。

「おまえはとっくに詳しいことを知っているからいいが、おれはまだよく呑み込めていなかったんだ。それにしても……」

伝次郎が首を振ると、音松がなんです、とのぞき込むように見てくる。

「自分の女房を寝取られた文四郎の心持ちだ。まあ、あの男のいうことはわかる気もするが、それにしても我慢強いもんだ」

「それだけ女房に惚れていたってことでしょう」

「惚れていれば、頭に血を上らせるんじゃないかな。しかし、文四郎のように大切な仲を壊したくないから、知っていながら知らぬふりをする人間もいるんだ」

「人の気持ちなんて、人それぞれですからね」

そういう音松は腕を組みながら歩く。

「おつなは本所尾上町の料理屋で女中をしていたんだったな」

「三河屋って店です。行くんですか？」

「おつなのことを聞きたいからな」

二人はそのまま両国を抜けて大橋をわたった。さっき薄日が射していたが、またその光はどこかに消えていた。

昼餉を食べそこなっていたので、二人は三河屋を訪ねる前に、大橋をわたったすぐの飯屋で腹を満たした。

「こうやって旦那と歩いてると、昔を思いだしますねえ」

飯屋を出たあとで、音松が突き出た腹をさすりながらいう。さも嬉しそうな笑みさえ浮かべている。

「そうかい」

「いろいろありましたけど、こうやっていっしょにいると、あの頃がつい昨日のことのような気がしますよ。その先を右に行ったすぐがそうです」

三河屋は本所尾上町の中ほどにあった。その通りをまっすぐ行けば、垢離場《こりば》で、その先はもう大川だ。

「まだ、お調べになってるんですのね」

応対に出たのはお時《とき》という年増の女中頭だった。おつなとは何でも話しあう仲だといったが、おつなが浮気をしていたことは知らなかった。

「それを知ったのはおつなちゃんが死んだあとですよ。そして、その相手も殺されちゃったんでしょう。怖い話ですね」

「五右衛門が店に来たことはなかっただろうか？」

「わたしはその人を知らないんで見えたかどうかは……」

わからない、とお時は首をかしげる。

店は昼間の忙しさが一段落しているらしく、どことなくのんびりした空気があった。客間で茶飲み話をしている女中もいる。

おつなと五右衛門の仲があやしかったというのを、松田久蔵が聞いたのはこの店だった。

「五右衛門を知っている女中がいたな。その女中に会えるか」

「だったらお光《みつ》ちゃんです」

お時は「お光ちゃん、ちょっと」と、そばに呼んでくれた。

「おつなが五右衛門と親密な仲だった、といったのはおまえさんだな」

「かもしれないといっただけです。何度か、二人を見かけたことがありますから」

お光は下《しも》ぶくれの女だった。

「五右衛門は店の近くでおつなを待っていたらしいが、それも見たんだな」

「そうです。大橋をわたって浅草のほうに歩いてくのも見ましたから、あれって思ったことがあったんです。おつなちゃんのご亭主は色男の役者ですけど、その人もすらっとしたなかなかの男ぶりだったんですよ。それで一度そのことをいうと、亭主の友達で何でもないとあっさりいわれたんです」

「でもおまえさんには、そうは見えなかった」

「まあ……」

お光はもじもじして答えた。

「その五右衛門は店に来たことはないんだな」

「ないはずです。おつなちゃんのご亭主も来たことはありませんが……」

「おつなを訪ねてくる男の客はいなかっただろうか？」

この問いかけに、お光はいるといった。

三河屋は昼下がりに一度暖簾をしまい、また夕刻に暖簾を掛けて営業をしているらしく、女中も二交替制だった。

昼番は昼四つ（午前十時）から夜五つ（午後八時）までで、夜番は昼八つ（午後二時）から夜四つ（午後十時）までだった。

おつなが夜番のときに、決まってくる客がいたという。

「薬研堀《やげんぼり》のお医者と旗本です」

それは隆仙《りゅうせん》という医者と、五間堀の近くに住む神尾《かみお》小太夫《しょうだゆう》という無役の旗本だった。

この二人のことを聞いたのは初めてだった。音松も初耳だといった。

「すると、その二人はおつなめあてに来ていたってことだな」

「へえ、見えるたんびにおつなさんを呼べ呼べといったり、おつなさんに用をいいつけて酌をさせたりと、それはご執心でしたから」

「その二人のどちらかが表でおつなと会っていたようなことはどうだ？」

お光は、それはわからないけど、なかったはずだといってつづけた。

「おつなちゃんは、あの二人についてあくまでもお客様ですから、と割り切ったことをいっていたし、粉をかけられてもその気はまったくない様子でしたから」

「だが、その二人はおつなにご執心だった」

「隆仙先生は相手をしてもらうと満足そうでしたけど、神尾様はどちらかというと入れあげておいでした。しつこく誘われて困ると、おつなちゃんがいっていましたから」

伝次郎は神尾小太夫の名をしっかり頭に刻みつけて三河屋を出た。

「まさか、おつなに入れあげている男がいたとは……」

音松は伝次郎の聞き込みに感心顔で歩く。

「おつなは男好きする女だったらしいから、他にも目をつけている男がいたかもしれねえ。だが、神尾という旗本は気になる。屋敷だけでもたしかめておこう」

伝次郎は一ツ目之橋をわたり、自宅長屋のそばを素通りし、深川森下町《もりしたちよう》を抜けて五間堀に架かる伊予橋《いよばし》をわたった。

神尾小太夫の屋敷は、辻番に訊ねるとすぐにわかった。新発田《しばた》藩下屋敷に近い武家地にあった。さほど大きな屋敷ではなかった。

神尾小太夫には二人の子があり、二年前に妻を亡くしているという。無役ではあるが、家筋がよいらしく暮らしに不自由していないだろうというのが、辻番の話だった。

その日はそれだけで引きあげることにした。すでにあたりは暗くなりはじめていた。

松田久蔵の調べが気になっていたので、連絡場になっている清住町の自身番に戻ったが、もうそのときには、あちこちの軒行灯が点《とも》されていた。

「いいところに戻って来た。五右衛門について、とんでもないことがわかった」

自身番に戻った伝次郎に、久蔵がそういってきた。

三

「調べをはじめたときから、五右衛門の身に合わない暮らしが気になっていたんだが、ようやくそのことがわかった」

伝次郎がそばに座るなり、久蔵は先を急ぐように話をつづけた。

「五右衛門は腕を買われ、歌舞伎囃子《ばやし》や長唄の三味線方で身を立ててはしているが、さほどの稼ぎはない。まあ、金持ちの相手をして祝儀《しゅうぎ》などをもらっているようなので、そっちの実入りがいいんだろうと思っていたんだ。ところが、ほうぼうで金を借りてほとんど踏み倒している。借りる金は二、三両程度だが、借りる相手が多ければ、それなりの金高《かねだか》になる」

「貸し主の人数はわかっているんですか?」

久蔵は首を振った。

「数はわからないが、中には腹に据えかねているものもいる。貸した金が二両だったとしても、されど二両だ。だが、五右衛門はわずかな金だけを借りていたのでは

なかった。半年前に二十両という大金を、会津屋《あいづ》という唐紙屋《からかみ》から借りている。その会津屋の主・長兵衛《ちょうべえ》がこの春急に死んでしまったのだ」

「死因は何です？」

「心の臓の発作だったようだ。だが、会津屋の死で借金がなくなったわけではない。会津屋の跡を継いだ仁兵衛《にへえ》という倅がいるんだが、この仁兵衛が再三再四、五右衛門に返済を求めて揉めているのだが、五右衛門はそのたびに金を借りたのは、死んだ主の長兵衛からなので仁兵衛の取り立てには応じられないと突っぱねている。だからといって仁兵衛は引っ込んではいられない。金を貸した人間が死んだから、借金はそれで終わりだというのは人の道ではない。借りたものは返すのが世の道理だと迫っている」

「もっともなことでしょう。それでその仁兵衛に会われたんで……」

「いや、それが会えないのだ。五右衛門が殺された前の日から、箱根《はこね》へ遊山《ゆさん》旅だ」

「箱根へ遊山……」

伝次郎は眉間にしわを彫ってつぶやくようにいった。

「帰りは二、三日うちらしいが、それまでは会えない。しかし、おかしなことを聞

いたのだ。仁兵衛は五右衛門が殺される前日に江戸を発ったはずなのに、翌る日に仁兵衛を見た店のものがいるのだ」

「それじゃ、江戸を発ったのは、五右衛門が殺された日ということですか……」

「その日なのか、二、三日あとなのかそれはわからぬ」

久蔵はそういったあとで「どう思う?」と、伝次郎をまっすぐ見た。

「仁兵衛の仕業だというのは性急すぎるかもしれませんが、疑わしいのはたしかでしょう。しかし、そうなるとおつな殺しはどうなります。仁兵衛におつなを殺す理由はないはずですが……」

「それはわからぬ。もし、おつなが五右衛門を庇《かば》っていたらどうだろう。取り立てる仁兵衛に罵詈雑言《ばりぞうごん》とまではいかなくても、理不尽な言葉を投げつけていたとしたら……」

それはどうでしょう、と伝次郎は腕を組む。

「道ならぬ恋の最中にあったおつなが、五右衛門を庇ったとしてもおかしくはない。もし、そうでなければ、おつな殺しと五右衛門殺しは別人ということだろう」

「……いずれにしても、仁兵衛に会わなければならぬということですね」

「ま、そうであるが……。それでおぬしのほうはどうなのだ？」

伝次郎はその日の調べをざっと話してから、

「気になるのは、おつなにひとかたならぬ思いを抱いていた客がいたということです。まあ男好きのする女だったようなので、他にもいるかもしれませんが、まずは神尾小太夫という旗本にあたりたいと思います」

といって、茶に口をつけた。

「相手は無役とはいえ旗本だ。うまくやれるか？」

久蔵は親身な顔を向けてくる。

武士の犯罪は、町奉行所の管轄《かんかつ》するところではないからだ。

「何とかなるでしょう。それに話を聞くだけですから……」

「ま、それはおまえにまかせよう」

その日の調べは、それで切りあげとなった。

「千草の店で軽くやるか」

表に出た伝次郎が誘うと、音松は喜んで、と二つ返事をしてつづけた。

「千草さんも今度のことを気にかけてますから、話を聞きたいはずです」

「おれは千草に聞きたいことがある」

「はて、それは……」

音松が小首をかしげると、伝次郎はまずは店に落ち着いてからだと足を急がせた。千草の店は忙しかった。手伝いに来ているお幸が、今日はいつもの席が塞がっているので、土間席にしてくれと、申しわけなさそうにいう。

「どこでもいいさ」

伝次郎と音松は、幅広の縁台席について、まずはその日の労をねぎらった。

「千草さんに聞きたいことってなんです？」

音松が貝の佃煮《つくだに》をつまんで聞く。

「おつなと文四郎のことだ。今日文四郎に会ってから、ずっと気にかかってしょうがないんだ」

「いったいなんです。あっしじゃ役に立ちませんか……」

音松はどうぞといって、伝次郎に酌をする。

同じ土間席で飲んでいる客が、はじけたように大笑いをした。連れがよほどおも

しろいことをいったらしい。

小上がりでは顔見知りの職人が三人、世間話に花を咲かせていた。

「文四郎が潔白だというのはわかるが、果たしてそうだろうかと思うんだ」

音松はふっくらした顔にある目を何度かしばたたいた。

「文四郎の疑いは晴れてんですよ」

「それはわかってる。だが、見落としがあるんじゃないかと思うんだ」

「旗本の神尾様はどうなるんです？」

「それは、明日会って話を聞くまでだ」

「しかし、見落としってどういうことです？」

「その前になぜ、あの二人が殺されたのか、という疑問だ。殺されるには、それなりの理《ことわり》がなけりゃならない」

「ま、そうでしょう」

「そして、あの二人を殺してもおかしくない人間はいまのところひとりしかいない」

「文四郎ってことですか……」

「そうだ」

「でも、文四郎にはできない仕業だったことがはっきりしてるんです。おつなの爪痕もなかったし……」

「なにか絡繰《からく》りがあったらどうする？」

「絡繰り……」

「そうだ。だが、その前に千草に聞きたいことがある。絡繰りについてはあとだ」

伝次郎は店が落ち着くのを待つために静かに酒を飲んだ。音松は狐につままれたような顔をして、あれこれと思案をしていた。

小半刻ほどして同じ土間席の客が帰っていき、そのあとを追うように、小上がりにいた顔見知りの職人らが帰っていった。みんな伝次郎に、気さくな声をかけて帰る。

近頃は伝次郎が着流しに刀を差していても、怪訝そうな顔をするものはいない。元町奉行所の同心だったということこそ教えていないが、貧しい浪人だったと打ち明けていた。川政の主・政五郎もすでに知っていたし、仲のいい船頭たちも貧乏浪人から船頭になったと思い込んでいた。

「お幸ちゃん、洗い物したら帰っていいわ」

ひと息ついた千草がそばにやってきて、お幸に指図した。

「今夜は他でもない大事な話をしたい」

まあ、一杯やりなといって、千草に酌をした。

四

「大事な話って何でしょう……」

千草は髪のほつれをすくいあげて聞く。

「女心ってやつだ。おれはおつなのことがわからなくなった。亭主はさほど稼ぎのある役者ではないが、二人はまわりから見てもいい夫婦だった。実際はちがったのかもしれないが、傍目《はため》には、夫婦仲はうまくいっていた。それなのに、おつなは五右衛門と深い仲になっていた」

「……」

「つまり、いい亭主がいながらおつなは浮気をしていた。そして、それは亭主の友

達だったのだ。まあ、浮気をする女房がいることぐらい知っているが、千草はそのことをどう思う……」

「世の道理でいえば、あってはならないことでしょうけど、男女の仲は摩訶不思議《まかふしぎ》といいます。でも、おつなさんは最初から五右衛門さんと、そんな仲になるとは思っていなかったんじゃないかしら。五右衛門さんしかり。だって友達のおかみさんですから、好いた惚れたという相手には相応《ふさわ》しくないでしょう。そういう仲になったのには何かきっかけがあったはずです」

「なんだ」

「それはわたしにはわからないことですよ。ひょっとすると弾みでそうなって、ついついその仲が深くなってしまったのかもしれない」

「うむ、その辺は当人に教えてもらうしかないだろうが、それはかなわぬことだからな。文四郎も魔が差したのかもしれないといっていたし……」

伝次郎は口をつぐんだ。そばにお幸が立ったからだった。何だかおもしろそうな話といって、目を輝かせている。

「お幸ちゃん、もう帰っていいわよ」

千草がたしなめるようにいえば、お幸は話に加わりたいという。

「ダメダメ、また遅くなったといやな顔をされるのはわたしなのよ。あなただっておっかさんに目くじら立てられたくないでしょう。さあ、おとなしく帰りなさい」

お幸がしぶしぶ帰っていくと、千草は暖簾を下ろして店を閉めた。

「それじゃおつなのことは別にして、文四郎のことをどう思うか教えてくれないか」

千草が戻ってくると、伝次郎はまたつづきを話しはじめた。

「文四郎は女房のおつなと五右衛門が深い仲になっていたのを知っていた。知っていながら、二人を責めたりなどしていない。その仲はつづかず、いずれ元の鞘に納まるだろうと高をくっていた」

「ほんとに責めていないんですか？」

千草は少し身を乗り出すようにして聞く。

「文四郎はそういった。咎め立てなどしていないとな。やつはおつなの気持ちが自分に戻ってくるのをじっと耐えながら待っていたんだ」

「でも、同じ屋根の下で暮らしているんでしょう。わたしが文四郎さんだったら耐

「そう思うのが普通だろう。だが、文四郎はそうしていたのだ。自分の女房と自分の友達がどんな仲になっているかを知っていながら」

えられないわ」

「旦那、あっしだってそんなことになったらじっとしてませんよ。そりゃあ、女房も相手もぶっ殺してやると怒りまくるはずです。今日は文四郎の話を聞きながら、あらためてそう思いやした。だけど、やつは下手人じゃないんです」

「音松、下手人かどうかは、ひとまず忘れてくれ。ようは文四郎のほんとうの気持ちがどこにあったかを推量したいのだ。遠慮せず思ったことをいっていい」

伝次郎は音松と千草を交互に眺めて、酒で唇を湿らせた。

「文四郎さんはおつなさんと五右衛門さんが別れて、元通りになるのを願っていたんですね」

「少しちがうかもしれないが、まあそんなところだ」

「なぜ、我慢していたのかしら？」

「それはさっきもいったが、咎め立てをすれば、おつなが自分から離れてほんとうに五右衛門のもとに行くかもしれないと思っていたようだ。文四郎はおつなと別れ

たくなかったのだ」

「別れるのが怖いから、知っていて知らぬふりをしていたと……」

「そういっていた。五右衛門が死んでしまえばいいと思ったこともあるらしいが、心の底からそう願ったわけではなかったという」

「あの言葉はほんとうでしょうかねえ」

音松はあやしいもんですといって酒を飲んだ。

「そうだな。あの言葉がすべて嘘だったら、どうだろうかとおれは考えていたんだ」

「なるほど。まるきし鵜呑みにするのも考えもんですからね、そうか、そうか」

音松は妙に納得したように頷き、思慮深げに視線を彷徨《さまよ》わせる。

「……よほど未練があったんですね」

しばらく黙っていた千草が声を発した。

伝次郎がその顔を見ると、千草はつづけた。

「未練というより文四郎さんは惚れ抜いていたんでしょう。そう考えるしかない気がします。だから弱気になっていたのかも。おつなさんと別れることに臆病になっ

ていたのかもしれない。それゆえに咎めることができなかった。でも……」

「……でも、なんだ？」

伝次郎は千草を凝視する。

「話を聞けば、文四郎さんは死ぬほどおつなさんに惚れていたってことですね。そう考えることができますね」

「そうだな」

「もし、そのおつなさんから別れ話が持ちあがっていたらどうなんでしょう」

伝次郎は、はっと目をみはった。

「必死に文四郎さんは引き止めたはずですね。でも、おつなさんの気持ちが、引き戻せないほど五右衛門さんに行っていたら、臆病にもじっと耐えていた文四郎さんはそれでも黙っていたでしょうか」

伝次郎の中で何かがはじけた。

「なるほど、いいことを聞いた。たしかに千草のいうことは考えなきゃならない」

「旦那、あっしもいまドキッとしたんですが、それでも文四郎は二人を殺してなんかいないんですよ」

「音松、そこだよ。おれが絡繰りといったのは。文四郎はなにか手妻《てづま》のような絡繰りを使ったのかもしれねえ」

「それじゃ文四郎が下手人だというんですか」

伝次郎は音松の問いには答えずに、じっと宙の一点を見つめつづけた。

頭の中に閃《ひらめ》こうとしているものがあるが、それはこれから花を開こうとする蕾《つぼみ》みたいなものだった。

五

風は日々冷たさを増しているが、その朝は昨日とちがい青空が広がっていた。

伝次郎は六間堀に架かる北之橋《きたのはし》そばにある茶店の床几に座っていた。音松を待っているのである。

昨夜は遅くまで千草と音松の三人で、おつなと五右衛門殺しについて好きなことを推量しあったが、これだという答えを得ることはできなかった。

しかし、愛する女房と親友に裏切られた文四郎の心情を、ある程度は読み解いた

はずである。そうはいっても、文四郎が下手人だと決めつけるには早かった。なにより文四郎は五右衛門を殺すこともできなければ、おつなを殺すこともできなかった、ということが松田久蔵の調べではっきりしているのだ。

伝次郎が気にするのは、いわゆる殺しの動機である。おつなと五右衛門の周囲に、その動機を持っているものがいるとすれば、もっとも疑わしいのが文四郎なのだ。

むろん、五右衛門殺しについては、二十両という借金の取り立てを迫っている会津屋仁兵衛への疑いはある。

仁兵衛は父親の借金を反故《ほご》にされている。父親が死んだから借金もなくなったという道理は通らないのだ。しかし、五右衛門に払う意思はなかった。そのことを考えると、十分な殺しの動機になる。

その仁兵衛については、松田久蔵が調べを進めているので、伝次郎の出る幕ではない。まずは、おつなに熱心な誘いをかけていた神尾小太夫という旗本から話を聞かなければならなかった。

伝次郎は茶を飲んで、河岸道に目をやった。音松の姿はまだない。北のほうからやってきた空の大八車が、ガラガラと車輪の音をさせて、北之橋をわたっていった。

六間堀の水面は、きらきらと朝日を照り返している。護岸用の石組みの隙間に器用に根を張った石蕗《つわぶき》が、黄色い花をほころばせていた。

橋をわたった大八車が見えなくなって間もなく、音松がやって来て、早くに仕入れの荷が届いたので、その仕事を片づけていたので遅れたと詫びた。

「店の仕事は大事だからな。それであとはいいのか？」

「あとは嬶《かかあ》がやってくれますんで心配いりません」

音松は油屋を営んでいるが、ほとんど女房まかせである。

「旦那も仕事休んでの助ばたらきですから、あっしはそっちが心配ですよ」

「気にすることはない。松田さんもただでおれたちを使っているんじゃないんだ。もっとも、そのことをあてにしているわけじゃないが……」

神尾小太夫の屋敷は、昨日たしかめていたので、伝次郎と音松は早速訪ねることにした。五間堀に架かる伊予橋のすぐ先に、その屋敷はあった。

切妻屋根《きりづま》を持つ門は閉じられていたが、訪《おとな》う声をかけると待つほどもなく門が開いて、中間《ちゅうげん》とおぼしき男が顔を見せた。

直截《ちょくせつ》に訪問の旨を告げ、取り次ぎを頼むと、中間はすぐ母屋《おもや》に引き返し、しば

らくして戻って来た。

「こちらへどうぞ」

伝次郎と音松は、玄関を入ったすぐの座敷に案内された。障子越しの明るい光が座敷には満ちていた。

主の神尾小太夫はその座敷に、飄々《ひょうひょう》とした素振りであらわれた。気楽な着流し姿で、肩肘《かたひじ》張《は》ったところがなかった。

伝次郎が簡単な自己紹介をすると、神尾は遮るように口を開いた。

「三河屋のおつなのことを聞きたいらしいが、どんなことだろう」

「おつなが殺されたことはお聞き及びだとは思いますが、殿様は三河屋の上得意で、おつなをお気に召していたと伺っております」

伝次郎は相手が旗本なので、ちゃんとした言葉を使う。

「可哀相《かわいそう》にな。あれはいい女だった。すると、そのほうらがここに来たということは、まだ下手人が見つかっていないというわけだな」

「さようです。それでつかぬことをお訊ねいたしますが……」

神尾は制するように片手をあげて、

「わたしのことを聞きたいのだろう。おつなが殺された日のことを。それならはっきりしておる。あれは朝早くに殺されたらしいが、わたしはその時刻にはまだ寝ておった。嘘だと思うなら、住み込みの中間と女中に訊ねるとよい。使用人で信用ができぬというなら、その先の辻番に聞けばよいだろう」

と、早口でしゃべった。

せっかちな男のようだが、頭の回転は早いようだ。

「はは……」

「それからおつなと仲のよかったというより、ひそかに通じあっていた五右衛門という長唄の三味線方も殺されたそうだな。しかも、同じ手口というではないか」

「これはお耳が早い」

「町の噂になっているのだ。とはいっても三河屋で聞いたのではあるが……」

神尾は口の端に、いたずらっぽい小さな笑みを浮かべた。

「おつなと五右衛門が通じていたというのは、どこでお聞きになりました？」

そのことは噂になっていないはずなのだ。

「わたしはとうに知っていたよ。おつなはなかなかいい女だった。他人の女房とは

いえ、放っておきがたい料理屋の女中だった。わたしは幾度も口説いたが、うまくあしらわれてばかりだ。そうなると余計に躍起になるのが男だ。わたしはひそかにおつなのことを調べたのだ。そして、五右衛門という三味線弾きと懇《ねんご》ろになっているのを知り、あきらめることにした。まあ、可愛い顔をして、女もやるときはやるものだ」

神尾はあきれたという顔をして、懐から煙草入れを出して煙管に刻みを詰めた。

「それはいつ頃お知りになりました？」

「そうだね。夏前だったかね。あのときはずいぶんがっかりして、しばらく三河屋に通うのをやめたぐらいだ」

神尾は煙管を吸いつけて、紫煙を吐き、

「いい女だったから一度くらいは……」

と、独り言のようにつぶやき、また煙管を吸った。

伝次郎は音松を見て、無駄足だったなという顔をした。

神尾家を辞したのは、それからすぐのことだ。

「どうします……」

伊予橋をわたりながら音松が聞いてくる。

「もう一度、五右衛門が殺された場所に行ってみよう」

六

まだ朝の早い時間だとはいえ、すでに商家の暖簾はあがり、職人たちもはたらきはじめている時刻である。それなのにその通りは裏通りのせいか、閑散としている。

伝次郎は音松と表通りを眺めやり、

「昼間でもこの按配だ。五右衛門が殺された時刻に、人目があったとは思えねえな」

「見つけたのも朝の早い魚屋の棒手振でしたからね」

伝次郎は五右衛門が倒れていたあたりに立ち、視線を周囲にめぐらした。人の隠れる場所はない。もっとも、五右衛門がもたれかかって死んでいた、大坂屋の海鼠壁の上には屋根があるが、まさか下手人がそんなところに隠れていたとは思えない。

それに付近に争ったような形跡もなければ、怒鳴り声や悲鳴なども聞かれていな

い。下手人は、五右衛門の顔見知りだったと考えるのが自然である。

「音松、五右衛門が殺されたのは、何刻頃だった？」

「七つ半から六つ少し前の間です」

「そうだったな」

伝次郎はその狭い通りの先を見る。

幅一間の裏道は、表通りにのびている。裏道の出口になる表の通りを、いろんな人間が行き交っている。

五右衛門が殺された明け方には、そんな人の姿はなかったはずだ。それに殺された時刻は、まだ暗かったはずだ。

伝次郎は少し歩いて立ち止まり、そして振り返り、頭に浮かんだことを整理した。
○　五右衛門が殺された時刻――七つ半（午前五時）から六つ（午前六時）少し前の間
○　おつなが殺された時刻――六つ過ぎ

さらに伝次郎は順番に頭を整理した。

五右衛門は殺される二日前に、深川元町の四阿という料理屋で文四郎に会っている。そして、五右衛門が殺された翌日の朝に、おつなが殺された。

「なぜ、下手人はそんな早い時刻に二人を殺《あや》めたんだ？」

伝次郎は音松を見てつぶやき、さらに言葉をついだ。

「早朝でなければ、下手人に都合が悪かったのか……」

「たまたまだったんじゃ……」

音松は首を捻りながらいう。

「こういう殺しに、たまたまってことはない。考えて行われたことだ。そう考えるのが常道だ。夜の明けやらぬうちに殺しは行われている。夜でも昼でも人を殺めることはできる。だが、昼間は人の目につきやすい。それなら夜はどうか？　夜でもよかったはずだ。しかし、それでは下手人に都合が悪かったのだろう」

「それじゃ夜の明けないまだ暗いうちが、下手人の都合に合っていたってことですね」

「ものはいいようだが、ま、そういうことだ」

「その都合ってなんでしょうね。その時刻が暇だから、あるいは人目につきにくいからでしょうか」

「それはどうだろう。夜明け前の閑散とした道を歩けば、かえって人目につきやすいはずだ。誰かに会えば、顔を覚えられもする。それだったら、昼間の人混みを歩いたほうがよほど目立たないはずだ」

「そうですね。殺しは夜明け前、そして紐で首を絞めた」

音松は腕を組んでつづけた。

「旦那、四阿で五右衛門と文四郎はどんな話をしたんでしょうね」

「うむ」

「その話が今度の殺しのきっかけだったってことはどうでしょう」

「……なるほど」

「四阿での話がもつれて殺しにつながったと考えると、下手人は自《おの》ずと文四郎ってことになりますが……」

「しかし、文四郎の疑いは解けている。そうだな」

「さようで。でも、旦那は文四郎には二人を殺すだけの理由があるとおっしゃる」

「たしかにそうだ。文四郎は間男した女房の不義を糾弾《きゅうだん》できるし、他人の女房と通じた五右衛門を殺すことさえできる。密会の場に乗り込めば、それもできたはずだ」

「そうですね」

伝次郎は空をあおいで、

「文四郎の長屋に行ってみよう」

と、歩きだした。音松が慌てたように追いかけてくる。

万年橋をわたり、六間堀沿いに歩いて行くと、中之橋の先に自身番があり、そのすぐそばに船大工の小平次の仕事場がある。

(小平次は何か見ていないだろうか……)

伝次郎は歩きながらそう思った。

そのまま小平次の仕事場になっている作業場を訪ねると、手作りの腰掛けに座って煙草を喫んでいた小平次が、おやと、眉を動かした。

「一服中か……」

「例の件はどうなりやした？」

「まだわからないままだ。おまえさん、おつなが殺された朝に、二人を見ていたな」

「へえ。おつなが亭主を送り出すのを見ました」

「そのあとで納豆売りを見た。そうだったな。それで、その他に見たものはいなかっただろうか？」

小平次は少し考えてから答えた。

「いやあ、とくにおかしな人間は見ませんでしたね。あっしは納豆売りを見てから、家に帰りましたから。その途中でも人には会わなかったですよ」

伝次郎はかすかに期待をしていたが、あて外れだった。

そのまま小平次の仕事場をあとにすると、文四郎の家のそばにある木戸番小屋に行った。

「文四郎の長屋の出入り口は、たしかにここから見えるな」

伝次郎は立ち止まって、長屋の出入り口に目を注いだ。住人はそこからしか長屋には出入りできない。長屋の奥は袋小路である。

伝次郎は視線を木戸番小屋の中に向けて、草鞋を編んでいた番太に声をかけた。

「おつなが殺された朝のことだが、おつなは文四郎を見送ったとおまえさんいったな」

「へえ」

「毎朝おつなはそうしていたのかい？」

「いいえ、あの朝はそうでしたが、普段は見送りなんてしてませんでしたよ」

「ほんとうか」

伝次郎はキラッと目を光らせた。

「それじゃ、あの朝だけおつなは文四郎を見送ったんだな」

「あっしが知ってる限りじゃそうですね」

伝次郎はさっと長屋の出入り口に目を向けた。すると、どうだ。いままで見えなかったものが見えたではないか。

「音松、これではっきりしたぜ」

第六章　絡繰《からく》り

一

「何がはっきりしたんです？」

音松は目をしばたたいて伝次郎を見る。

「いいからついて来な」

伝次郎は木戸番小屋を離れて、文四郎の長屋に向かい、その途中で立ち止まった。

そこは醬油酢問屋・伊勢《いせ》屋の前だった。

「端に寄って、木戸番を見てみな」

音松はいわれたとおりに背後を振り返った。

「番小屋が見えるか？」

音松は首を横に振る。

「そうだ。長屋の出入り口と木戸番小屋は同じ並びにある。だから、端に寄れば体の一部は見えるとしても、ほとんど見えない。あの番小屋が道の反対側にあれば、長屋の路地も少しは見える。しかし、あの番小屋からだとその路地は見えない。もっといえば、番太が座っているところからだとなお見えない」

「そうですね。考えてみりゃ、番小屋は木戸口を見張れるように作ってあるだけですからね」

「そうなのだ。だが、あの朝は小平次が表に立っていた。その場所からなら長屋の出入り口はよく見える。さっきおれとおまえが立っていた場所だ。しかし、番太からは見えにくい。そうだな」

音松は感心したように頷く。

「そして、この店だ」

伝次郎はそばの伊勢屋を振り返る。立派な問屋である。

「音松、気づいたか？」

「はて」

音松は目をしばたたく。

「軒下には何がある」

音松の目がはっと見開かれた。

「天水桶《てんすいおけ》と大八車」

「そうだ」

天水桶には手桶が高く積まれている。そのすぐ横には大八車が置かれている。

「それじゃ、文四郎はその天水桶に隠れて、番太と小平次さんの目を盗んで、家に戻ったってことですか？」

「やろうと思えばできないことはないはずだ。まだうす暗い夜明け前で、通りにはほとんど人はいなかった。隠れているところを見られることはなかった」

「番太だって小平次さんだって、ずっとこっちを見ていたわけではないでしょうからね。二人の目を盗んで家に戻ることはできますね。でも、もう一度長屋から出るところを番太に見られる心配があったんじゃ……」

「そのとき、小平次がいれば別だが。小平次が立ち去ったあとはどうだろうか？

夜明け前だが、番太がすでに木戸を開けていれば、あとは見廻りのある夜まではほとんどやることがないので、寝ているか内職をするかだろう」

「それじゃうまく番太の目を盗んで、また長屋を出て行ったたってことですか。そして、そのときには女房のおつなの首を絞めて殺していた」

音松は自分でいいながら顔をこわばらせる。

「そう推量することはできる。だが、その証拠《あかし》がない」

「旦那、何だかあっしも文四郎が下手人のような気がしてきましたよ。文四郎には二人を殺すだけの理由が大いにありますからね」

「そうだ。だからといって、文四郎の仕業だったと決めつけるのは早い」

「証拠ですか」

「それがありゃわけないことだが……」

伝次郎は高く昇った日をまぶしそうに見あげて、頬を撫でた。

「おつなの爪に詰まっていた皮膚……」

伝次郎のつぶやきに、音松が「ヘッ」と奇妙な声を漏らす。

「もし、おつなが殺される前に相手に爪を立てたのなら、文四郎の体のどこかにそ

の爪痕がなければならない。だが、それはなかったんだな」

「松田の旦那の調べでは、まったくなかったってことです」

「そうなると、下手人は文四郎ではなかった、といわざるを得ないな」

「だから、やつの疑いは晴れたんです」

「長屋の連中におつなに恨みを持ったり、揉め事を起こしたものはいなかった」

「聞き込みの限りじゃ、誰もそんな人間はいないんです」

「納豆売りの兆太とおつなにもつながりはなかった」

「兆太にも爪を立てられた傷痕はなかったですからね。他に何か証拠がありゃいいんですが……」

「他の証拠か……」

伝次郎は独り言のようにつぶやいて歩きだした。

何度か六間堀の畔《ほとり》に立って考える。堀川の水面が、そんな伝次郎と青い空を映し取っていた。

「五右衛門のほうはどうなるんでしょう？」

音松が横に来ていう。

「それも気になるところなのだ。もし、松田さんがあやしいと思っている会津屋仁兵衛が五右衛門殺しの下手人なら、おつな殺しは別の人間の仕業ってことになる」

「それが文四郎……」

「であっても、おかしくはない。おれはそう思っているんだが、やっぱりこうなると証拠か……」

伝次郎は再び歩きだした。

音松が金魚の糞のようについてくる。

御籾蔵《おもみぐら》を過ぎ、猿子橋まで来たとき、声をかけられた。

千草だった。朝の仕入れの帰りらしく、手桶をさげていた。

「どうしたんです。二人ともずいぶん深刻な顔をして……」

「調べが進まなくなったんだ」

伝次郎がため息まじりにいうと、

「わたしもあの件でしたら聞きたいわ。ずっと気になっているんですから。お茶を淹れますから、店にごいっしょしません」

と、千草が誘いかけた。

二

「すると、文四郎さんにおつなさんを殺すことはできたってことですね」

伝次郎と音松の話を聞いた千草は、真剣な目つきで納得したように頷く。

千草の店の土間席で、三人は向かいあう形で座っていた。

「それで五右衛門さん殺しも文四郎さんの仕業だとしたら……」

「五右衛門については苦もないことだ。前の晩にでも、おつなを装って明日の朝七つ半過ぎに長屋の裏通りにきてくれという文《ふみ》でも書き、使いを立てて五右衛門にわたせばよい。朝が早かろうが何だろうが、おつなに熱い思いを抱いていた五右衛門は出かけて行ったはずだ。もちろん、早朝の呼び出しを変に思ったかもしれないが、そこにおつながいると思えば、行かないわけにはいかない。しかし、待っていたのは文四郎だった」

「文でなくても言付けでも呼び出すことはできますものね。なるほど、そうですね。それに文四郎さんは、毎朝早く中村座に行かなければならない。そんな役者なのよ

ね」

「出番はそんなに早いのか？」

伝次郎は茶を飲んで千草を見る。

「文四郎さんは下っ端の役者だから、芝居がはじまるずっと前に楽屋入りして仕度をしなければいけないけれど、上の役者の身のまわりの世話もしなければならないそうなんです」

「ふむ」

伝次郎は中村座の楽屋口を頭に思い浮かべて考える。

芝居は夜明けにはじまり、日が暮れ前に終わる。当然、幕開けに出る役者は、客入れより先に楽屋に入らなければならない。

文四郎の〝出勤〟が早いのは、出番が早いからなのだ。

「旦那、夜明け前に二人が殺されたのも、文四郎の楽屋入りが早いからじゃないでしょうか。何刻頃までに楽屋に入らなければならないのかわかりませんが……」

「幕開けはだいたい明け六つ（午前六時）ですから、それより少なくとも半刻は早く楽屋に入るはずよ」

千草が音松の疑問に答えるようにいった。

「すると、七つ半頃に文四郎は楽屋に入るってことか。五右衛門が殺されたのは、七つ半から六つ少し前の間。おつなは六つ過ぎ……」

「じゃあ、おつなは殺せないってことになりますが……」

音松が目をキョロキョロさせていう。

「でも、この時季は日の出が遅いから、楽屋入りはもう少しあとじゃないかしら」

千草が自信なさそうにいう。

「いや、明け六つには日の出だ」

伝次郎は自信を持っていう。

朝の早い船頭は、日の出と日の入りに敏感である。もちろん天候や、潮の満ち引きなどにも気を配っている。

「でも、芝居をはじめるには、まだ日の光が足りないのでは……」

千草の疑問はよくわかる。

芝居は外光を取り入れて行われる。もちろん蠟燭《ろうそく》のあかりで上演する場合もあるが、外光をうまく利用するのが常だ。

「音松、悪いが中村座にひとっ走りしてくれないか。芝居のはじまりの時刻を知りたい。それから文四郎の楽屋入りの時刻もだ」

「へえ、承知。それじゃひとっ走り行ってきやす」

音松が店を飛び出していくと、

「おれたちゃ文四郎を疑ってはいるが、これだって証拠はない。それが引っかかるんだ」

と、伝次郎はため息混じりに、千草を見た。

「証拠って……」

「おつなの爪に詰まっていた血混じりの皮膚だ」

「文四郎さんには、爪を立てられた傷はなかったんでしたわね」

「そうなのだ」

「まさか、おつなさんが自分の皮膚に爪を立てたなんてことないかしら」

伝次郎は首を絞められるおつなのことを想像した。

首を絞められまいと抵抗したときに、自分の首に爪を立てたということだろうが、果たしてどうか？

すでにおつなは荼毘《だび》に付されているので、それをたしかめることはできない。

しかし、殺されたおつなを発見したとき、伝次郎はそんな傷は見ていない。首に絞め痕はあったが、怪我はしていなかった。

「自分の皮膚ではないな」

伝次郎は思いだしたことを口にした。

「それじゃ、やっぱり爪にあったのは下手人のものってことですか」

「そう考えるべきだろう」

そういった伝次郎は、久蔵の調べが気になったので、

「ちょいと清住町の番屋に行ってくる。松田さんの調べを知りたいんだ」

と、席を立った。

「お戻りになるの？」

「音松の話を聞かなきゃならないから、戻ってくるさ」

千草の店を出た伝次郎は、ゆっくりした足取りで清住町に向かった。早朝の冷え込みが嘘のように、いつしか小春日和になっていた。

万年橋をわたると、田辺《たなべ》藩下屋敷がある。その塀越しに寒椿《かんつばき》がのぞいている。

赤い蕾がこの陽気で開きそうな気配である。

清住町の自身番に入ったが、久蔵も使っている小者の姿もなかった。詰めている番人に聞くと、浅草の会津屋に行ったという。

「それじゃ、会津屋の仁兵衛が戻って来たのか？」

「どうやらそうらしいです」

伝次郎はその調べの結果をすぐにでも知りたいと思ったが、久蔵が仁兵衛に会っていれば、今日のうちに白黒はっきりするはずだ。おそらく夕刻にはわかるだろう。

「それじゃまた来よう」

そういって番人に目を戻すと、それが癖なのか片方の膝にのせた足を貧乏揺すりさせながら足の裏を搔いている。伝次郎の視線に気づくと、

「松田の旦那が戻ってきましたら、伝えておきます」

と、ばつが悪そうに貧乏揺すりをやめた。

伝次郎はそのまま千草の店に引き返したが、番人の貧乏揺すりがしばらく頭から消えなかった。

(何かを見た気がしたのだが、はて、何だったのだ)

胸中でつぶやく伝次郎は、すぐに番人のことを忘れ、会津屋の仁兵衛というのはどんな男だろうかと思った。

伝次郎が気にする殺しの動機は、会津屋仁兵衛にもあるのだ。あくまでも借金の返済を受け付けない五右衛門に、業《ごう》を煮やして殺《あや》めたという考えはできる。

また、借金取り立ての場におつなが居合わせ、五右衛門の肩を持って仁兵衛を謗《そし》ったりしていれば、やはり穏やかな結果にはならないだろう。

（もっとも、それは仁兵衛の性格にもよるだろうが……）

内心でつぶやく伝次郎は、再び文四郎のことに思考を切り換えた。

店に戻ると、板場で熱心に仕込み作業をしていた千草が、いかがでしたか、と聞いてくるので、伝次郎は自身番で聞いたことと、自分の考えを話した。

「こんなことといったらおかしいですけど、わたし、文四郎さんが下手人だと思いたくないわ。いろいろ話を聞いて考えたんです」

千草は前垂れで手を拭きながら板場から出てきた。

「だって、文四郎さんは大事な女房にも友達にも裏切られて、それでじっと耐えていたんですよ。咎めたりもしなかったんでしょう。その気持ちを考えると、何だか

いたたまれない。そりゃあ臆病だったのかもしれないけれど、それはおつなさんを心から思っていたからでしょう。友達に寝取られても別れたくないと思っていたんですから」

「気持ちはわからなくもないが、こういったことに同情は禁物だ」

「……そうでしょうけど」

千草がしんみり顔で応じたとき、音松が帰ってきた。

「旦那、わかりやした。文四郎はだいたい六つ半頃に決まって楽屋入りするそうです。出番はそれから半刻ほどあとらしいんです」

「それじゃ、二つの殺しは文四郎にもできるってことだな」

伝次郎はキッと目を厳しくした。

三

「旦那、でも文四郎だという証拠はありませんよ。何度もいってますが……」

音松がいう。

「いや、その証拠はもういらないだろう」

「どういうことです？」

音松が目をまるくすれば、

「伝次郎さん、文四郎さんを捕まえる気なの？」

千草が真剣な眼差しを向けてきた。

「これ以上、あれこれ考えていたらキリがない。直截に文四郎にことの真偽を糺《ただ》すだけだ。音松、文四郎はいまどこだ？」

「もう楽屋を出たはずですから、まっすぐ自宅長屋に向かっている頃だと思いやす」

「よし、長屋の表で文四郎を待とう」

「待って、わたしも行きます」

千草だった。

伝次郎は少し逡巡したが、いいだろうと折れた。女がいることで、文四郎の気持ちが少しはほぐれるかもしれない。そう思ってのことだった。

千草の店を出た三人はもくもくと歩いたが、猿子橋をわたったところで伝次郎が

口を開いた。

「音松、証拠があればいいが、それは難しい証拠だ。おそらく爪痕も残っていないかもしれない」

「どういうことです？」

「ちょっと気づいたことがあるんだ。あたっているかどうかは、文四郎に会ってからの話だ」

音松は何だろう、と千草と顔を見合わせるが、伝次郎はそのまま歩きつづけた。

文四郎の長屋のそばに来たとき、九つ（正午）を知らせる鐘が聞こえてきた。その鐘音のわたる空で、鳶がゆっくり舞っていた。

文四郎の姿が見えたのは、時の鐘が鳴り終わってすぐのことだった。

伝次郎たちに気づいた文四郎は、一度足を止め、それからゆっくり歩み寄ってきて、頭を下げ、

「今日も何かお訊ねでしょうか？」

といって、伝次郎を見てきた。

「いろいろ聞きたいことがある。長くなるかもしれないから、どこか適当なところ

で話をしたい」

「長くなるとおっしゃるのは……」

文四郎は怪訝そうな顔をして、伝次郎、音松、そして千草と見ていった。

「おまえにとっては至極大事な話だ」

伝次郎が有無をいわせぬ口調でいうと、文四郎はにわかに顔をこわばらせたが、

「それじゃどこで……」

と、みんなを眺めた。

「面倒かもしれませんけど、わたしの店ではどうかしら。日が暮れるまで邪魔は入りませんし……」

「お店というのは？」

文四郎は千草を見て訊ねる。

「わたしは〝ちぐさ〟という店を持っているんです。五右衛門さんは、何度かいらしてます。お友達ならお聞きになっているのでは……」

文四郎は聞いたことがあるといった。

千草の店に戻ると、土間席にある幅広縁台にそれぞれが腰を下ろした。

伝次郎は千草が淹れてくれた茶を飲んでから、

「南町の松田さんがいま、会津屋の主・仁兵衛に話を聞きに行っている。五右衛門は会津屋に借金があって、それを踏み倒しているんだ。それは知っていたか？」

と、文四郎を見た。

文四郎は知らないと首を横に振った。

「仁兵衛には五右衛門殺しの嫌疑がかかっている」

伝次郎はそういって、どういう嫌疑なのかそれを端的に説明した。

この説明は少なからず文四郎に安心感を与えたはずだ。そうなると、人間の心に隙ができる。伝次郎はそのことを熟知しているので、婉曲《えんきょく》に話しはじめたのである。

「ひょっとすると仁兵衛は五右衛門だけでなく、おつなをも殺めているかもしれない」

「そんなことが……」

文四郎は目をみはった。

「いずれ松田さんの調べではっきりするだろう。それはそれで、おまえさんに聞きたいことがある」

伝次郎はまっすぐ文四郎を見る。色白の顔が、障子越しの明るい光を受けて、さらに白くなっていた。

「どこからはじめたらよいかわからないので、順繰《じゅんぐ》りに話そう。五右衛門が殺される二日前のことだ。おまえは五右衛門と深川元町にある四阿という小料理屋で飲んでいたな」

「……はい」

「そこで五右衛門とどんな話をしたか教えてくれないか」

とたん、文四郎の目に警戒の色が浮かんだ。

「どんな話って……それは、他人に話すようなことではありません」

「人にいえないことを話していたってことか」

「そういうわけじゃありませんが、まあ五右衛門とは長い付き合いですから、いろんな話をしました。つまらない世間話だったり、仕事のことだったりです」

「そして、おまえは五右衛門に小馬鹿にされて、盃を投げつけた」

伝次郎は文四郎を見据える。

「あのときは我慢できませんでしたから……」

「ひょっとして女房のおつなのことで揉めていたのではないか……」

「あの席ではそんな話はしてませんよ」

「それじゃどんな話をした。しつこいが教えてくれないか」

「いろいろです。そんなこと他人に話すことじゃないでしょう」

文四郎は憤慨したように視線を外した。

「まあ、それはいいだろう。で、五右衛門とおつなだが、二人とも夜明け近くに殺されている。そして、紐か縄で絞めるという手口も同じだ。首を絞められれば、苦しいから抗うものだが、その形跡はわずかだった。これがどういうことだかわかるか？」

「…………」

「殺されるほうは、殺しに来た人間をよく知っていた。互いに親しい間柄だったといっていいだろう。人はそういう相手にはあまり警戒をしない。心を許せる相手ならなおのことだ。当然油断だらけだ。すると、下手人は相手の隙を見て、一気に首

を絞めにかかる。少しは抗われるだろうが、不意をついてのことであるし、下手人は必死だから相手はあっという間にこと切れる。要するに、下手人は、五右衛門とおつなをよく知っている人間だと考えていい」

伝次郎は文四郎の顔に動揺の色が表れないか注意深く見る。

「それから、なぜ朝の早い時刻に殺しが行われたかだ。これは下手人がよくよく考えた末のことだろうが、下手人にとってはその時刻が都合よかったのだ」

「………」

「文四郎、おまえの楽屋入りは早いな。いつも六つ半頃には楽屋に入るそうだな」

「はい、だいたい決まっています」

「すると家を出るのは？」

「おおむね六つ過ぎです。楽屋までは小半刻もかかりませんから……」

「そうだろうな。ところが、おつなが殺された日の朝、おまえはいつもより早く長屋を出た。六つの鐘の少し前だ」

「どうだか覚えていません」

文四郎は首を捻って答える。

「証人がいるんだ。おまえがおつなに送り出されたのを見たものがな。それは六つ前だった。そして、おつなはそのあとで殺されている。おまえが長屋を出ていなくなったあとだ」

文四郎は尖った喉仏を動かして、生つばを呑んだ。

「すると下手人は長屋のどこかに隠れていたか、人目を盗んで長屋に入り込み、おつなを殺したということになる。そしてその下手人は、おつなのよく知る人間だった」

「…………」

「それは、おまえが中村座に向かって、おそらく新大橋をわたっていた頃だろう」

「…………」

「そこで訊ねるが、なぜその朝だけ早く家を出た？」

「なぜって、それは、たまたまでしょう。そんな日もあります」

「ほう、そうかい。木戸番の番太は、いつもはもっと遅いといっていたがな。それじゃあの番太の思いちがいか……。では、おつなはいつも見送ってくれていたのか？」

「いつもじゃありませんが、ときどき見送ってくれていました」

「長屋の表まで？」

「まあ、そうです」

「文四郎、するとまた話が食いちがうんだ。木戸番はおれにこういった。おつなが見送るのを見たのは初めてだとな。ひょっとすると、おまえはわざとそれを見せるために、おつなに見送らせたんじゃないのか」

「どうして、わたしがそんなことをしなきゃならないんです」

文四郎は顔色が悪くなっていた。

「いつもより早く長屋を出て、いつもはしないが、おつなに長屋の表まで見送らせた。それはどうしてなんだ？」

「まさか、わたしがおつなを殺したとお考えじゃないでしょうね。わたしへの疑いはもうすっかり晴れているんです」

「松田さんの調べではな」

ハッと文四郎の顔がこわばった。

伝次郎はかまわずにつづける。

「おまえ、辛い思いをしたんだろうな。よく我慢できたもんだ。並みの人間には真似のできないことだ。だが、相手は愛する女房で、もうひとりは大の親友だ。へたに文句はいえなかった。……責めたばかりに、女房に逃げられるのが怖かった。おまえはそういったな。おれからいわせれば、とんだお人好しだ。だから、おまえには大いに同情したくなる」

文四郎の目が潤《うる》みはじめていた。その顔は蒼白《そうはく》になっていた。

「正直なことをいえば、おれには下手人の目星がついているんだ」

文四郎は体を硬直させた。

「その下手人は、あの朝、おつなに見送りをさせて、木戸番に見えるように姿を見せた。そして、下手人はそのまま表通りを遠ざかるのだが、ちょいと行ったところに伊勢屋という醤油酢問屋がある。軒下には手桶の積まれた天水桶があり、そばには大八車も置かれている。天水桶の裏に隠れると、木戸番からは見えない。そして、下手人は木戸番の目を盗んで、長屋に後戻りする」

「ま、待ってください。そ、それがわたしだとおっしゃりたいのでしょうが、何の証拠があってわたしを人殺し扱いするんです」

「証拠か……たしかにそうだ。おつなは下手人に爪を立てていた。その爪には相手の皮膚が詰まっていた。だが、その皮膚は首や腕、あるいは胸ではなかったかもしれない」

「…………」

「文四郎、足袋《たび》を脱いで足の裏を見せてくれねえか」

とたん、あっ、と文四郎の口が開き、同じように目も見開かれた。

しばらく店の中に沈黙が訪れた。

文四郎は顔面蒼白になり、目に涙をため、瘧《おこり》にかかったように体を小さくふるわせていた。

「おまえの体には爪で傷ついた痕はなかった。松田さんの調べで、それはわかっている。しかし、松田さんは足の裏までは見ていないはずだ。おつなの爪に詰まっていたのは、足裏の皮膚だったかもしれない。もうその傷も治っているとは思うが

……」

「文四郎さん、もう何もかも話しておしまいなさいな。きっとそのほうが楽になるわ。取り返しのつかないことをしちゃったかもしれないけど、耐えることができな

くなったのね。堪えていれば、おつなさんが戻ってくると思っていたけど、ひょっとしたらそうならないことがわかったんじゃないの。おつなさんの心を引き止められなくなったんじゃ……」

「うわー！」

やさしく語りかけるように話す千草を遮って、文四郎はいきなり前に突っ伏して泣きはじめた。

「あんなことするつもりなんかなかったんだ。だけど、おつなを……おつなの心が離れているのがわかって……どうして、そうなるのか……わたしは、わたしは……」

文四郎は拳で幅広縁台をたたきながら、しばらくむせび泣いた。

「……文四郎、おまえが殺したんだな」

伝次郎は突っ伏している文四郎を眺めて問うた。

しばらくして、文四郎は嗚咽《おえつ》を押し殺しながら、泣き濡れた顔をあげ、着物の袖で涙を拭い、何もかも話しますといってつづけた。

四

それは、五右衛門からおつなを自分に譲ってくれないかといわれた晩のことだった。

四阿という料理屋からの帰りだったが、まっすぐ家に足を向けることができなかった。文四郎は五右衛門にいわれたことを、何度も頭の中で反芻《はんすう》した。

（人の女房を譲ってくれだと……）

胸の内で吐き捨てる文四郎は、六間堀の畔に佇《たたず》み、静かな水面を凝視した。まさか女房のおつなを、五右衛門がもらい受けたいというとは思いもよらぬことだった。

文四郎が二人の仲をあやしむようになったのは、一年ほど前だったが、実際のところはわからなかった。

さっきの席で、そのことを五右衛門に聞くと、一年半ほど前から密かに会うようになったと白状した。そして、五右衛門は、文四郎にこれが女房のおつなだと、初

めて紹介されたときに一目惚れしたといった。

(五右衛門の熱い思いが、一年半ほど前におつなに通じたってことか……。笑わせる……)

文四郎は暗い堀川に映る自分の影を眺めながら自嘲の笑みを浮かべた。それからすうっと、視線を六間堀沿いの道に向けた。

(この道をおつなと五右衛門は……)

ところどころに店のあかりが見えるが、河岸道は暗かった。

——その暗い河岸道が、恋の道行きだったのだ。

と、五右衛門はいった。

(馬鹿にしている)

吐き捨てる文四郎は、すっかり虚仮《こけ》にされて生きてきたのだ、まるでおれは道化《どうけ》役者ではないか、と自分のことを心の底から卑下《ひげ》した。同時に、それまでになかった憎悪と怒りが、腹の奥底でぐつぐつと滾《たぎ》りはじめるのを感じた。

文四郎は荒れる感情を抑えるために、六間堀沿いの河岸道を辿《たど》り、五右衛門から告白されたことを、おつなにどう話そうかと思案しながら、山城橋のそばまで行っ

て引き返した。

もうこれ以上自分の気持ちを抑えている必要はなかった。また、おつながどう答えるのか、それも知りたかった。

ケリをつけるときが来たのだと思いもするが、その先にある結果は怖くもあった。離縁という言葉が脳裏をかすめ、気持ちが縮みそうになったのだ。しかし、文四郎は勇を鼓《こ》して、自宅に帰った。

三河屋に出る日ではないおつなは、帰ってきた文四郎を見るなり、

「あら、お早いお帰りですね。もっと遅いかと思った。だけど、相手が気の置けない五右衛門さんだから、きっと楽しかったでしょう」

と、濯《すす》ぎを出してくれた。

「五右衛門のことをどう思っているんだ?」

文四郎がそういうと、しゃがんでいたおつなが顔をあげて見てきた。

「あいつ、おれにこういったのだ。おつなと別れてくれと……」

いわれたおつなは顔をこわばらせた。

「五右衛門はおまえといっしょになりたいらしい。おれの女房なのに、あの野郎、

譲ってくれといったのだ」

文四郎はそういいながら心をざわつかせていた。ついに口にしてしまったという後悔もあったが、もう抑えることはできなかった。

「ずいぶん前からおまえと五右衛門は、いい仲だった。おれはそれとなく気づいていたんだ。ずっと隠し通せると思っていたのか？」

文四郎はにらむようにおつなを見て、居間にあがった。しゃがんでいたおつなは、ゆっくり立ちあがって、能面のような顔を文四郎に向けた。

「まさか浮気されるとは思いもよらなかった。……浮気されたおれのことを考えてくれたことがあったか？」

「…………」

「おまえと五右衛門が、いまごろ同じ床で枕を並べているのだと思う、おれの気持ちをわかってくれたか。裸で絡みあっているおまえたちのことを、想像するたびに、まちがいであってくれ嘘であってくれと祈らずにはいられなかった。胸が張り裂けそうなほど苦しい思いをしていたのだ。それでもおれは何もいわなかった」

「なぜ……」

おつなはかすれた声を漏らした。

文四郎はその顔をまっすぐ見た。

「おまえが……愛《いと》しくてたまらないからだ。ずっと、そばにいてほしいという思いがあるからだ。だから、だから、おれはいえなかった」

文四郎は首を振りながら声を搾《しぼ》りだした。

おつなの目から涙が伝いはじめた。

「あんた、堪忍……堪忍しておくれ……」

おつなは両手をついて頭を下げた。手の甲にぽたぽたと涙のしずくが落ちて、小さくはじけていた。声もなく涙する女房を眺める文四郎も、目を潤ませていた。

「……おれと別れて五右衛門のところへ行くのか？」

おつなはか弱くかぶりを振った。

「おれとは別れないのだな」

「……わたし、あんたと生きていくと決めていたじゃない」

おつなは涙で濡れた顔をあげ、声をふるわせていった。

文四郎は「だったらなぜ？」と、胸のうちでつぶやいた。

「五右衛門さんには金輪際《こんりんざい》、二度と会いません。わたしはあんたから離れない。離れたりしませんから……」

「おつなのその声はどこか遠くでしているようでした。わたしにはそれが本物の声には聞こえなかったのです」

文四郎は現実に戻った顔になって、伝次郎を眺めた。

「それじゃ、おつなさんのその言葉を信じなかったのですか？」

千草は文四郎に静かな眼差しを向けていう。

「信じる信じないではなく、わたしには譫言《うわごと》にしか聞こえませんでした。わたしは別れを切りだされると覚悟していたのです。ところがおつなが口にしたのは、わたしが考えていたことの逆でした。なぜか、そのことでわたしの中から何かが抜けてしまったのです」

「……抜けてしまった？」

「おつなへの思いが冷めたといったほうがわかりやすいでしょうか。……急にそんな気持ちになったのです」

「それで、どうしたのだ？」

文四郎はそう問う伝次郎に、顔を向けて話をつづけた。

「おつなは何度も許しを請いました。そしてすり寄ってきて、わたしの手を取り甘えるように頬ずりをして、堪忍してくれ堪忍してくれと……わたしは、そのことでまた白けた気持ちになったのです。人間の心とは不思議です。一度気持ちが冷めると、とことんまで冷めていくのだと知りました」

気持ちがすっかり冷めた文四郎は、

「わかった。もう、おまえはわたしから離れないのだな」

と、涙で睫毛《まつげ》を濡らしているおつなを眺めた。おつなは離れませんと応じた。

「それじゃこれからもずっといっしょだ」

文四郎はそう答えたが、おつなと五右衛門を許そうとは思わなかった。

その夜はいつものようにおつなと枕を並べて寝たが、頭の中で五右衛門にどんな罰を、どんな仕打ちを与えようかと、そのことばかりを考えていた。

気持ちはその翌る日に固まった。そして、その夜に文四郎は五右衛門に会った。

「おつながおまえといっしょになるそうだ。おれはあれと離縁すると決めた」

「ほ、ほんとうか……」

五右衛門は驚きの目に喜色をあらわにして文四郎を見てきた。

「どうやらおつなは、ずっと前からおれに愛想《あいそ》を尽かしていたらしい。おれもそんな女といつまでも同じ屋根の下で暮らす気はないからな」

「文四郎、おれを恨んでいるんじゃないだろうな。いや、恨まれても仕方のないおれだが、勘弁してくれ。おれはおつなさんを大事にするよ」

「大事にしようがどうしようが、おれの知ったことじゃない。それよりおつながいっていた。明日の朝、七つ半過ぎに大坂屋の裏に来てくれってさ」

「大坂屋……この長屋の裏道ってことかい……。それにしてもずいぶん早いな」

「朝の早いうちにどこかに行きたいのだろう。おれにはどうでもいいことで、詳しいことは何もわからない。とにかくそういうことだ。ちゃんと伝えたからな」

文四郎はそのまま五右衛門の家を出た。

「すると、使いなど立てずに、直におまえが大坂屋の裏に来るようにいったのか

……」

伝次郎は文四郎の話に口を挟んだ。

「へたに使いを立てるより、そっちのほうがいいと考えたからです。でも、五右衛門が翌朝約束どおりに来なかったら、わたしはそれはそれでいいと思っていました。おつなに手をかけるのもやめていたでしょう」

「だが、五右衛門はやって来たのだな」

文四郎はそうです、と頷いて話をつづけた。

藍玉問屋・大坂屋の裏道には朝靄が漂っていた。

文四郎は七つ半頃にはその裏道に来て、あたりの様子を見ていたし、木戸番の見廻りも終わったことをたしかめていた。

一度大坂屋の裏道から出ると、五右衛門の長屋入り口が見えるところに身をひそめた。すると待つほどもなく、五右衛門が姿をあらわした。

行き先はわかっているので、文四郎は五右衛門を見送ってから、さっきの裏道に足を運んだ。

五右衛門は期待顔をして裏道に立っていたが、文四郎を見ると、

「なんだ、おまえか……」

と、眉宇をひそめた。

文四郎は応じずに、ゆっくり五右衛門に近づいた。

「ひょっとしておつなさんの都合でも悪くなったのか……」

「そうなのだ。急に熱を出しちまってな。生意気にまたおれを使いに立てやがった」

「熱を……そりゃ心配だな」

「遅かれ早かれ、いずれ別れちまう夫婦なのに、おれも人がいいもんだ。それで新しい言付けだ」

「なんだ?」

「大事な話があるので、あとで家に見舞いに来てほしいらしい。おれはこれから仕事だから、なんだったらこれからでも行ったらどうだ」

五右衛門は少し考えたが、そうだなといって、それじゃそうしようと背を向けた。

その瞬間、文四郎は手にまるめて持っていた紐を五右衛門の首に巻きつけ、両手

に渾身《こんしん》の力を込めて一気に絞めた。

「あっけないものでした。わたしは五右衛門が抗って、ひどく暴れるのを覚悟していましたが、五右衛門は苦しそうなうめきを短く漏らしただけで、すぐにこと切れました。そのことに安堵《あんど》はしましたが、わたしは急いでその場を離れなければなりませんので、人に見られないように十分注意を払って楽屋に急いだのです」

「使った紐はどうしたのだ？」

伝次郎だった。

「持っていると気色《きしょく》悪いので、新大橋をわたるときに川に捨てました」

「どんな紐だったのだ？」

「麻縄でできた丈夫な細紐です」

「おつなにも同じものを使ったのだな」

「芝居の道具方が使う細紐は、いくらでも手に入るんです」

「そうか……」

文四郎は話しているうちに腹が据わったのか、落ち着いた顔つきになっていた。

「五右衛門を殺しただけでは、気持ちの収まりがつかなくなったのか。それとも、はじめからおつなも殺めようと思っていたのか？」

「正直、迷いました。五右衛門を殺したことで、わたしはずいぶん後悔したのです。人の女房を寝取った間男ですから許さなくてもいいのに、五右衛門とはじつの兄弟のような仲でしたから、急に淋《さび》しくなったんです。だから、もう何もかも水に流して忘れてしまおうかと思いました。わたしの気持ちは冷めていましたが、おつなは一からやり直したいといいますし、その気持ちに応えるのも悪くないと思いました。ところが……」

文四郎は喉が渇いたらしく、冷めた茶を飲みほした。

「ところがどうした？」

伝次郎は話の先を促す。

「五右衛門の死を知ったおつなが……」

そこで言葉を切った文四郎は、悔しそうに唇を嚙んで、にぎりしめた拳で膝を強く押しつけた。

その日は、芝居にも団扇張りの内職仕事にも気が乗らなかった。芝居は文四郎の仕事だからそれなりに務めてきたが、内職は手につかず、途中で投げだしていた。

殺された（自分が殺したのではあるが）五右衛門のことはすでに噂になっていたし、いずれ自分にも調べが来るだろうから、そのときのことをあれこれ考えなければならなかった。

その夜、おつなが三河屋から帰ってきたのは、五つ（午後八時）前だった。

「早かったな」

文四郎はおつなが夜番だと思っていたので、そういったのだった。

「今日は店が暇だったんで、早く帰らせてもらったんです。それよりあんた」

おつなはかたい顔を文四郎に向けてきた。

「どうした……」

「ご、五右衛門さんが死んだの、ご存じ……番屋の前で人に聞いたんです」

「なに、ほんとか。でも、どうして？」

文四郎は驚いた顔をした。役者だからお手のものだ。

「殺されたんですって……今朝見つかったらしいの」

「誰が殺したんだ？」

「そ、そんなことわたしには……」

おつなはかぶりを振って両手で顔を覆うと、そのまま泣きはじめた。

文四郎はどう対処しようか迷ったが、殺された五右衛門に同情してやらなければならないので、適当な言葉を並べておつなを慰めた。

だが、そのことが文四郎の中に眠っていた嫉妬と憤《ふん》怒《ぬ》の火に油を注ぐことになった。おつなは五右衛門の死を、ほんとうに悲しんでいたのだ。

以前だったら文四郎はその悲しみを素直に受け入れることができただろうが、おつなと五右衛門の仲を知っているから心中穏やかではない。

だが、文四郎は神妙な顔で、

「明日詳しいことを番屋で聞いてみよう。やつが殺されたからといって喜べるおれではない。五右衛門とは友達だったのだからな。なに下手人はすぐ捕まるだろう」

と、おつなをうまく宥《なだ》めた。

それはそれなりにうまくいったのだが、おつなは床についても、思いだしたようにすすり泣くのだった。そのことが文四郎の癇《かん》にさわった。

隣ですすり泣くおつなを、そのまま絞め殺してやりたいほど憎く思った。そして眠れぬ夜を過ごしながら、おつなを殺す計画を立てたのだった。

普段のように起きた文四郎は、静かに身仕度をした。昨夜のうちにおつなが作ってくれた塩むすびを腹に収め、水で流し込むと、

「仕事が終わったら五右衛門のことを聞いてみよう。おまえも詳しいことを知りたいだろう」

と、おつなを見た。おつなは殊勝に頷いた。

「たまには表まで送ってくれないか。朝の風にあたるのは悪くない」

「そうですね」

文四郎が誘いをかけると、おつなは長屋の表まで見送ってくれた。

木戸番小屋を見ると間の悪いことに、職人が立っていた。木戸番だけに姿を見せておけばよかったのだが、職人は余計だった。

おつなに行ってくるといって背を向けて歩きだしたが、木戸番小屋のほうが気になった。

伊勢屋の近くまで来て一度後ろを見ると、すでにおつなの姿はなく、さらに職人

は木戸番と話をしていた。

文四郎はさっと、天水桶の陰に隠れた。そのまま木戸番小屋のほうを窺い見た。職人がどこかへ行ってくれれば、すぐに長屋に戻ることができるが、それを人に見られてはまずかった。

早く長屋に戻る必要があった。そうしないと隣近所の連中が起きてくるからだ。しばらく様子を窺っていると、木戸番と話し込んでいる職人がこっちを見ていないのがわかった。

いまだと思い、長屋に戻ろうとしたとき、今度は長屋から人が出てきた。まったく予想外のことだったので、心の臓が口から飛び出るほど驚いた。長屋からあらわれたのは、若い納豆売りだった。木戸番小屋を見ると、木戸番と職人は自分たちのほうに来る納豆売りを眺めていた。

そして、橋のほうに去っていく納豆売りを、木戸番と職人は見送っていた。文四郎はその隙に、長屋に急いだ。もし、気づかれたら計画は中止だと腹をくくった。だが、うまくいった。誰にも見られずに自分の家に戻ることができたのだ。

「あら、忘れ物……」

片付けをしていたおつなが、怪訝そうに見てきた。

「おれもうっかりだ。しょうがないな」

文四郎が忘れ物を探すふりをすると、おつなは何かしらといって背中を見せた。その刹那、文四郎はさっとおつなの首に細紐をかけて、思いきり絞めた。紐は喉の急所にうまくかかったのか、おつなは声ひとつ漏らさず、あっさり息絶えた。


「ほんとにあっけなく……」

文四郎はそのときのことを思いだしたのか、膝に置いた手を小刻みにふるわせた。その顔はまるで自分が首を絞められたかのごとく、蒼白になっていた。

「おつなの爪に細工をしたのもそのときだな」

伝次郎は文四郎を凝視していう。

「あれは前の晩に、寝ながら考えたことでした。最初はおつなの足裏を使おうとしたんですが、やはりそれじゃまずいと思い、とっさにわたしの足裏を使うことにしたんです」

「後悔しなかったの……」

千草だった。もちろん、それはおつなを殺したことへの問いだ。

「しました。あとになってとんでもないことをしてしまったと……」

文四郎はわなわなと口をふるわせると、吹きこぼすように涙を流した。

すべてを聞いた伝次郎は大きなため息をついて、音松を見た。

「番屋に連れて行こう」

「縄をかけるんで……」

伝次郎は一度文四郎を見て、

「それは、いいだろう」

と音松に応じた。

すっかり観念している文四郎に、逃げる素振りはない。

五

表に出ると、伝次郎と音松は文四郎を挟むようにして歩いた。その後ろに千草がしたがった。

昼下がりの町には穏やかな風が流れていた。頭上から降ってくる鳶の声ものどかだ。

「この堀川を……」

猿子橋の上で文四郎が立ち止まって、六間堀を眺めた。

水面はきらきらと午後の光に輝いていた。

「この堀がどうしたの？」

千草が聞いた。

「おつなと何度もこの堀川の畔を歩きました。あの頃はほんとによかった」

文四郎は六間堀の上流（北のほう）に視線を向けてつづける。

「おつなとわたしはうまくいっていた。いい女だったのに。この世で一番大切な女だったのに……それなのに……」

文四郎の目から落ちる涙が、水面の照り返しを受けてきらりと光った。

「いまさら未練たらしいことを……」

そういう千草は悔しそうに唇を真一文字に引き結んで、文四郎をにらむように見た。

「さ、行こう」

伝次郎は文四郎の肩を押してうながした。

清住町の自身番に入ると、松田久蔵の顔があった。伝次郎と音松を見て、それから文四郎を眺めた。

「なんだ……」

久蔵の問いに伝次郎は、会津屋仁兵衛はどうなったかと聞いた。

「あれは見当ちがいだった。仁兵衛には何もできないことがはっきりした」

「そうでしょう」

「なんだ、そうでしょうというのは？」

久蔵は眉間にしわを刻んだ。

「下手人が文四郎だったからです」

「なんだと」

上がり框に座っていた久蔵は立ちあがって、

「そりゃどういうことだ」

と、言葉を足した。

「さっき何もかも聞きました。あとは松田さんにおまかせしますので……」

伝次郎は隣にいる文四郎を、押しやるようにして久蔵の前に立たせた。

「おまえが……ほんとにおまえがやったのか？」

久蔵はまじまじと文四郎を見た。

「申しわけないことを……」

文四郎はがっくり肩を落として頭を下げた。

あきれた顔で首を振った久蔵は、大きなため息をつくと、

「あがれ。話を聞かせてもらおうじゃないか」

といって文四郎を番人や書役のいる居間にあげ、伝次郎を振り返った。

「伝次郎、またあとで会おう」

「調べがすんでからってことですね」

久蔵は一度文四郎を見てから、まあそうだな、と答えた。

伝次郎と音松、そして千草はしばらく自身番表にある床几に座り、久蔵と文四郎のやり取りを聞いていた。

文四郎はすっかり観念しているらしく、声を詰まらせることもなく話していった。

それは伝次郎たちが聞いたことと同じ内容だった。

いつしか日は、西にまわり込んで低くなっていた。日の光を受ける雲は、紅葉と同じように少しずつ色づきはじめていた。

「さ、もういいだろう。おれたちの用はなくなった」

しばらくして伝次郎が立ちあがると、

「旦那、どうしておつなの爪にあったのが、足の裏の皮膚だとわかったんです？」

と、音松が疑問を口にした。

「足を組んで貧乏揺すりをしている男を見たんだ。そのとき、妙に足の裏が目についてな。ひょっとすると、と思ったんだ。それが見事的中したってわけだ」

「あっしはまったく思いつきもしないことで……」

「いつもそうだが、わかってみりゃ何てことないことだ。そんなことが世の中には腐るほどある」

「まったくです」

「で、どうする？　おれは軽く千草の店でやろうと思うが……」

伝次郎が誘うと、音松にしてはめずらしく考える顔をした。

「ちょいと店に顔を出してあとで行きます。今朝、嬶にちっと嫌みをいわれましてね。機嫌を取ってきますんで……」

「おれのせいだったら申しわけないな」

「いやいや旦那のせいじゃないんでご安心を。それじゃあとで」

音松はそのまま自分の店のほうに帰っていった。

伝次郎と千草はゆっくり歩いた。

万年橋をわたりながら大川を眺め、それから小名木川沿いの道を歩き、すぐに六間堀沿いの河岸道に入った。

「あの人、この堀沿いの道をおつなさんと何度も歩いたといいましたね」

ふいに千草がいった。

「そういったな」

「いっしょに歩いたときは、何もかもうまくいっていたと……。この世で一番大切な女だったと……それなのに……」

「文四郎にしてみれば、おつなに裏切られたわけだからな」

「でも、やっぱり殺すことはなかったんです」

「……うむ」

六間堀は夕日に染まった雲を映していた。

風がその水面にさざ波を作っていた。

「文四郎さんはおつなさんを殺しても、やっぱり未練があったのね。そして、浮気を知られたおつなさんも、文四郎さんに未練が……」

「やつの話からすれば、そうだな」

「わたし何だか切なくなりました」

「おいおいどうした？」

「だって、男と女って、そんなものかもしれないと思いますもの」

「……そんなものって、どういうことだ？」

「もう、こんなところは鈍感なんですね」

千草はぷいっとふくれ面をして、伝次郎の尻をたたいた。

「なんだ、なんだ。おれにはわからないが……」

「もういいです」

千草は伝次郎を置いてさっさと歩き去る。

「おい、どうした……」

伝次郎は首を捻って千草を追いかける。

その二人の影が長くなっていた。

あとがき

めずらしく、あとがきを書きます。

「剣客船頭」もシリーズを開始して十三巻目になりました。これも、ひとえに読んでくださる皆様の支えがあるからです。

また、担当編集者・校閲の方たちには毎回助けられています。頭が下がります。小説というのはその物語を考えて書く作家だけでなく、いろんな人たちの支えがあってなり立っているのです。いつもそのことに感謝しつつ、もっとよりよいものを書かなければならないと、自分を叱咤している毎日です。

シリーズ一巻目から読んでくださっている読者の方はお気づきでしょうが、主人公・沢村伝次郎にとって最大の敵だった津久間戒蔵が倒れてから、物語のカラーが少し変わったはずです。それは筆者自身が感じていることですが、ここ数巻はさら

に物語色を意図的に変えてきました。

スポーツの世界でいえば、ギアチェンジといったところでしょうが、そのタイミングや切り替えには苦心しました。それでも自分なりに、うまくいっているのではないかと思っています（そうでなかったら、どうぞお叱りください）。

では、どんなギアチェンジをしたか？　この巻を最初に手に取った方にはわからないかもしれませんが、いわゆるミステリー色を強めたということです。

これは今後も変わることがないと思いますので、次巻からも存分に楽しんでいただけるものだと信じています。もちろん、そのために筆者は研鑽を積み、切磋琢磨して、ますます精進しなければなりません。

そう書いておきながら「ほんとうかな？」と、苦笑するわたしですが、わりと本気なのです。

じつはこれまで自宅書斎で仕事をしていましたが、これには利便性がある代わりに仕事の中断を余儀なくされるというマイナス面がありました。

例えば、電話が鳴る、宅配便や郵便配達がくる、回覧がまわってくるなどです。

愚妻が出てくれるときはいいのですが、そうでないときはわたしが応対しなければ

なりません。

そうなると、必死の思いで考えていた思考回路がリセットされるのです。いい展開を考えついた矢先などに中断ということになると、また元の思考回路に戻すのに時間がかかります。ときには浮かんだ名案を忘れてしまうことさえあります。

しかし、いまはその邪魔が入らない環境が整いました。自宅書斎をやめて、近所に仕事場を設けたのです。

電話、鳴りません。宅配も郵便配達も、新聞の集金人なども来ません。

ひたすら仕事に没頭することができます。とはいっても、そうそううまくはいきませんが、以前より精神的に楽になったのはたしかなことです。

ま、そんなことを報告がてら書いてみました。つまり、わたしは自分にいまプレッシャーをかけたわけです。もっともっといいものを書かなきゃ、と。

でも、頑張ります。これからもどうか応援のほどよろしくお願いいたします。

平成二十七年　秋　吉日　　　　稲葉　稔

光文社文庫

文庫書下ろし／長編時代小説

みれん堀《ぼり》　剣《けん》客《きやく》船《せん》頭《どう》(十三)

著者　稲《いな》葉《ば》　稔《みのる》

2015年11月20日　初版1刷発行

発行者　鈴木広和
印刷　慶昌堂印刷
製本　ナショナル製本

発行所　株式会社　光文社
〒112-8011　東京都文京区音羽1-16-6
電話（03）5395-8149　編集部
8116　書籍販売部
8125　業務部

ISBN978-4-334-77202-4　Printed in Japan

組版　萩原印刷

お願い　光文社文庫をお読みになって、いかがでございましたか。「読後の感想」を編集部あてに、ぜひお送りください。

このほか光文社文庫では、どんな本をお読みになりましたか。これから、どういう本をご希望ですか。

どの本も、誤植がないようつとめていますが、もしお気づきの点がございましたら、お教えください。ご職業、ご年齢などもお書きそえいただければ幸いです。当社の規定により本来の目的以外に使用せず、大切に扱わせていただきます。

光文社文庫編集部

佐伯泰英の大ベストセラー！

吉原裏同心シリーズ

廓の用心棒・神守幹次郎の秘剣が鞘走る！

(一) 流離 『逃亡』改題
(二) 足抜《あしぬき》
(三) 見番《けんばん》
(四) 清搔《すががき》
(五) 初花
(六) 遣手《やりて》
(七) 枕絵《まくらえ》
(八) 炎上

(九) 仮宅《かりたく》
(十) 沽券《こけん》
(十一) 異館《いかん》
(十二) 再建
(十三) 布石
(十四) 決着
(十五) 愛憎
(十六) 仇討《あだうち》

(十七) 夜桜
(十八) 無宿
(十九) 未決
(二十) 髪結
(二十一) 遺文
(二十二) 夢幻
(二十三) 狐舞《きつねまい》

佐伯泰英「吉原裏同心」読本
光文社文庫編集部編

光文社文庫